伊藤くん A to E

柚木麻子

伊藤くん A to E

目次

伊藤くんA

1

ウインドウに飾られている牛革の鞄《かばん》は、もう一年近くそこにある。

社長直々の依頼で作られたなんと二十万円の商品。新宿の百貨店一階に入っているこの小さな革製品専門店に「オートクチュールのような雰囲気」を与えるための「ディスプレーとしての実験商品」であるにしても、もうそろそろ売れてもいいのではないかと思う。何しろクリスマスまであと二十日ほどだ。

「どうして人気ないのかしらねー、このコ」

ため息まじりにつぶやいて、島原智美《しまはらともみ》は柔らかい布で鞄を磨く。テンパリングしたチョコレートのような艶、シルバーの留め具のデザインが美しいと思う。もう少し安ければ生産ルートに乗り人気商品になっていただろう。目を留めるお客様は多いものの、価格を告げるとあきらめ顔で手を離す。手入れが大変そうだ、と困ったように微笑《ほほえ》まれ、じりじり後退りしていく。丁寧な接客を心がけているつもりなのに、どうしても手に取らせることができない。

「当たり前ですよ、島原さん。うちみたいなマイナーな国内ブランドで二十万円を使うなら、プラダに行きますって」

後輩の三芳《みよし》ちゃんは八重歯を見せて笑った。大阪出身の彼女はこの鞄をなぜか「ハンキュー」と呼ぶ。茶色で光沢のある外見が、京阪神をつなぐ阪急電車によく似ているからだそうだ。

「このコ、私みたいだよね」

三芳ちゃんに聞こえないよう小さく言った。ハンキューが売れたら伊藤君の正式な恋人になれる、と智美は密かに願をかけている。

社会人になりたての頃に合コンで出会い、もう五年が経とうとしている。こんなに長い付き合いなのに、実際に会った回数は驚くほど少ない。普通のカップルに換算すれば、交際歴三週間といったところだろうか。二カ月に一度連絡がくればいい方なのだ。こちらから会ってとねだらなければ動いてさえくれない。

彼は代々木の大手予備校の国語講師だが、本当はシナリオライターを目指しているらしい。そのせいか日本語にとても厳しく、智美は叱《しか》られてばかりいる。

「『で』じゃなくて『が』だろ。本当に大学出たの？　よく接客業が勤まるな」

伊藤君に言われるままに、しぶしぶと武者小路実篤の『友情』をノートに書き写した。丸三日掛かった。智美の日本語は美しくなっただろうか。

付き合っているわけでもないのに、彼の言いなりの智美を見て親友のうだちんはあきれ顔だ。

「智美って一途よねえ。美人なのに片思いなんてもったいない」

一途とは少し違う。一言に要約すると「このままで引き下がれるか」だ。心をすり減らしてきた膨大な時間を思うと、なんとしてでもモトをとらねば、という気持ちにさせられる。楽しかったり、優しくされた思い出が少しでもあればあきらめもつくのだろう。正直なところもはや好きかどうかもよくわからない。自分はただ単にむきになっているだけなのだと思う。片思いという甘やかな表現はふさわしくない。恋をするという状態がそもそもどういうものなのか、最近ではちゃんと思い出せない。二十七歳にもなって、まるっきり血の通った男女関係の手応えを知ることができない。

「なんだか、私みたい」

ハンキューを磨く手を止め、智美はもう一度つぶやく。ぴかぴかした金具に、はるか高くの天井を彩るイミテーションの青空が映っていた。顔を上げれば、このデパートの名物『天空へのご招待』と呼ばれる、有名建築家が手がけた八階分の吹き抜けが広がっている。光に満ちた巨大な空間の中央をひたすら突き進んでいくのは、上りと下りのエスカレーターだ。各階のフロアに手すりがぐるりと巡らされ、吹き抜けを取り巻いている。客にとっては開放感を呼ぶ光景かもしれないが、一階で働く従業員にしてみると、今にも人が降ってきそうで怖くて気が気ではない。手すりから身を乗り出す子供を見つけるだけで、背中がひやりとする。なんだか空間に吸い込まれて自分が消えてしまいそうな気がするから、仕事中はあまり上を見ないようにしていた。

今夜は久しぶりに伊藤君に会う。少しでもいいから進展させたい。せめてクリスマスの約束くらいは取り付けないと。逆らえない大きな流れを作って、そこに彼も自分も巻き込んでしまえばいいのだ。

おろし立てのレースの下着が、胸やお尻をいじめるみたいにちくちく刺していた。

2

待ち合わせ場所は、渋谷の大型書店の地下一階だった。新刊のコーナーには仕事帰りの男女が群がり、平日の夜とは思えないほど賑わっていた。伊藤君の姿を探してフロアをぶらつくうち、恋愛エッセイのコーナーに辿《たど》り着いてしまった。全体的にピンク色の背表紙が多いせいかぼんやりと淡くけぶっていて、今にもお砂糖やフルーツの香りが漂ってきそうだ。以前は莫迦《ばか》にしていたこういう本が、最近は気になって仕方がない。売れているのだからそれなりに効果はあるのかもしれない。

そっと周囲を見回し、棚差ししてある一冊に吸い寄せられるように手を伸ばした。

『ヒロインみたいな恋しよう！』なるその本は、ピンクとミント色の装丁が大層目を引き、帯に著者の顔写真が大きく出ていた。眼鏡をかけた色白のややむくんだ顔に見覚えがある。矢崎莉桜《やざきりお》という、そこそこ名前の知られた若手脚本家だ。奥付を見ると、数年前に出版されたらしい。俄然《がぜん》、信憑性《しんぴょうせい》が増し、ぱらぱらとページをめくってみた。

「ヒロインみたいな恋愛をしたいと思いませんか？　恋愛の主役になるには、美貌なんて必要ない。ちょっとしたテクニックで、自分主導の恋愛ができるんですよ」

自作ドラマのヒロインそれぞれの生き方に恋愛テクニックを学ぶ、という内容らしい。ファンというほどではないが、彼女のドラマは何作か見たことがある気がするので、少しだけわくわくしてきた。

「なんだ、お前。なんて本を読んでいるんだよ」

男性としてはやや高い声に驚いて、危うく本を取り落としそうになる。振り向くと、伊藤君が意地悪そうに、にやにや笑って立っていた。

「こんな本読むなんて物欲しげだよな。そんなに男の目を気にして、何が楽しいのかって感じだよ。お前、よく恥ずかしくないな」

二カ月ぶりに会う彼は、真新しいトレンチコートを着込んでいる。シャツとネクタイの色合わせといい、きちんとセットされた髪といい、今日店に来たどの男性客よりお洒落《しゃれ》だ。歌舞伎の女形《おやま》になったらぴったりであろう色白の瓜実顔《うりざねがお》。智美はしばらく見蕩《みと》れてしまう。認めたくはないけれど少女時代から大の面食いなのだ。異性とほとんど触れ合わない女だらけの青春だったから、恋愛対象は常にアイドルや俳優だった。異性への審美眼は自分でも恥ずかしくなるほど、研ぎ澄まされている。彼がここまで整った容姿をしていなければ、絶対に見向きもしなかったろう。そんな自分に少し安心してもいた。

「矢崎莉桜ねえ。ふーん。まさかお前が矢崎ファンだとはねえ」

「なによ。おかしい？」

「いや、別に？　矢崎さんねえ」

「え、知り合いなの？」

伊藤君は何やら、意味ありげに一人でぶつぶつ言ったり、忍び笑いを漏らしている。

なによ、と頬を膨らませ、ふざけて拳を振り上げるのがやっとだった。こんな風に茶化された方がむしろ出方を考えないで済む。伊藤君がさっさと店の出入り口に向かっていくので、慌てて本を棚に戻し転がるようにして後を追う。きっと傍から見たらじゃれ合っているカップルみたいに見えるのだろう。自動ドアで追いつき、ごくさりげなく腕に手を絡めたが、びっくりするほど邪険に振り払われた。

「調子に乗んなよ。メシ行くぞ」

地上へと向かう階段を上ると、外気が吹き下りてくる。ひんやりと冷たく鼻の奥までしびれるようだった。ココア色のコートの襟元《えりもと》を合わせ、急ぎ足の彼にぴたりと寄り添う。

どうしてこれほど粗末に扱われるのか、正直なところ納得がいかない。この腑《ふ》に落ちなさが伊藤君から離れられない原因かもしれない。自惚《うぬぼ》れでもなんでもなく、智美は決してレベルの低い女ではない。身長百六十八センチのすらりとした体形で、顔立ちははっきりと整っている。選び抜いたシンプルで上質なアイテムをよく手入れし、バランスを計算し尽くして着こなしているため、普通のＯＬにはないこなれた雰囲気と品が漂っていると思う。現にこうして二人で道玄坂を上っている今も、サラリーマン風の男が振り返っているではないか。

外見だけではない。九品仏《くほんぶつ》で一緒に暮らす両親は、遅くにできた一人娘の教育にお金を惜しまなかった。中学から大学まで通った母校は校則の厳しいお嬢様校として有名なところだ。職場でも一目置かれている。売り上げは同期の中でトップだし、来年こそは店長だろう。女ばかりの職場は人間関係が難しいとよく言われるが、明るくしっかり者の智美は先輩後輩問わず好かれている。伊藤君は一体、自分の何が不満なのだろう。悪いところを指摘されれば、すぐに直すくらいの柔軟さは持ち合わせているつもりなのに。

「ほら、入るぞ」

ぶっきらぼうな声に顔を上げると、ラーメン屋の赤いのれんが目の高さで揺れていた。あせて汚れた布きれは、こちらを嘲笑《ちょうしょう》するようにひらひら躍っている。二カ月ぶりのデートなのに。はっきりと彼の気持ちの分量を突き付けられた気がする。

「いらっしゃい！」

カウンター内の野太い声に引っぱられるようにして、仕方なく店内に足を踏み入れる。

「なんだよ、その顔。なんでもいいって言っただろ。ここ、うまいんだよ」

豚骨の強烈なにおいに、顔をしかめそうになる。タイル張りの床はぬらついていて、細いかかとの繊細なパンプスでは心細い。油でべたべたしたカウンターに並んで座るなり、伊藤君はこちらの意思を確認しようともせず、瓶ビールと豚骨ラーメンを二つ注文した。

「嫌じゃないよ。普段ラーメン食べないから、むしろ嬉《うれ》しい」

智美は作り笑いを浮かべ、到着した瓶ビールに手を伸ばし素早くコップに注ごうとする。

「いいよ。お酌なんて。変に気が利くアピールされても疲れるだけだし」

たちまち瓶を引《ひ》っ手繰《たく》られ、肩透かしをくった格好になった。雑誌に書いてあるようなテクニックは伊藤君にはまるっきり通用しない。そんなところが結構いい、と思ってしまう自分はおかしいのだろうか。

「はい、これ、頼まれたお菓子。色々悩んだんだけど『彩果の宝石』っていうの」

忘れないうちに、自社商品のバッグから休憩中にデパ地下で購入したゼリー菓子を取り出した。伊藤君から頼まれたおつかいで、なんでもグミが大好きな親戚の女の子が遊びに来るとかで、気に入りそうなお菓子はないか、と頼まれたのだ。

「彩果の宝石はもちっとしたゼリーで、いわばグミの王様だから」

「へえ。そっか。よさそうじゃん。ありがと。あとで払うわ」

伊藤君は満足そうに包みを受け取ると、にこっとした。持ち物や手土産に五月蠅《うるさ》い伊藤君だけれど、智美のセンスは信頼しているらしい。どうせお金が戻って来ないことくらい知っているが、ほのかに嬉しかった。伊藤君は「さて、本番」と言わんばかりに両手を擦り合わせた。

「矢崎莉桜ってさ、実は俺の先輩なんだよね」

「へえ。そうなんだ」

「昔、言ったろ。月に二回、彼女の事務所に行って、勉強会に参加してんの。莉桜さん、俺のことやたら気に入っててさ。結構メンバーにやっかまれているんだよね～」

彼は得意そうに肩をそびやかすと、ビールの泡を赤い舌で舐《な》めた。

そういえば、そんな話を昔、聞いた気がする。しかし、伊藤君はありとあらゆる、有名なシナリオライターや作家の主催する講演会や講座やワークショップにバイト代のすべてをつぎ込んでいるので、名前を聞いてもいちいち覚えられない。彼はそこで学ぶシナリオの技術や物語の作り方にほとんど興味がないらしい。おそらく彼が作品を書き上げたことは一度もない気がする。お金を払って、そこそこの有名人に会い、視線を合わせることだけが目的なのだ。伊藤君が嬉しそうに講座の様子を語るたびに、智美には「会いに行けるアイドル」という言葉が思い浮かぶ。誰それに会った、誰それにこう言われた、と語る時、伊藤君はひどく誇らしそうで、いつもより顔かたちの輪郭がくっきりしている。はっきり言って、智美にとってはなんの興味も湧かない話ばかりだ。彼の才能とか能力に惹かれているわけではない。伊藤君が十年先も同じような生活を送っているることは、わりと冷静に見通しているつもりだ。では、一体自分は外見以外で、伊藤君のどこが好きなのだろうか。

「今日はお前に話したいことがあるんだ」

「なあに」

「うん、俺好きな女ができてさ。それで相談に乗ってもらいたくて」

どおん、と遠くで音がした気がする。喉から首の付け根にかけて、重たい筒状の固まりがねじ込まれたのがわかった。立ち仕事でぱんぱんに張ったふくらはぎが、細かく痙《けい》攣《れん》し始めた。コップはうっすら汚れていて、ビールの泡がまったく立っていない。彼がわざわざ身を乗り出してまで顔を覗《のぞ》き込んでくるので、必死で無表情を装った。こんな時、矢崎莉桜さんならどうするのだろう。『ヒロインみたいな恋しよう!』にはなんて書いてあるのだろう。この場合、ドラマヒロインが口にすべき、視聴者がぐっとくる台詞《せりふ》は何だろう。

「ふうん。そうなんだ。よかったね」

無理やりにっこりすることに成功した。伊藤君は物足りなさそうに腰を椅子につけ、前に向き直る。この調子だと、もう少し悲しんだ方が可愛げがあったのだろうか。ラーメンが到着し二人は同時に箸を割った。本当ならこのラーメンをひっくり返しわあわあ泣いて騒いで、濡れた床を転げ回りたかった。豚骨スープと鼻水でべしゃべしゃの顔で、恨みがましく伊藤君を見上げ、思いのたけをぶつけたかった――。

しかし、それはできない。智美たちは付き合っているわけではない。告白の返事は相変わらずはぐらかされたままだった。数回寝たことがあるだけ。それも伊藤君の気分が乗らなかったせいで、ちゃんとしたセックスに至ったことはただの一度もない。智美が知り得る最大限の知識をもって、喜ばせようとすればするほど、彼が引いていくのがわかった。あんまりにもみじめで、智美も深追いするのはやめた。このことは、うだちんにさえ言っていない。

「へえ、伊藤君も人を好きになることがあるんだね。なんか安心しちゃったなあ」

白濁したスープに紅生姜《べにしょうが》がピンク色に滲《にじ》み、気色が悪かった。

「もしかして、えーと、その矢崎莉桜さんとか?」

「莫迦、ちげえよ。なにそれ、俺と莉桜さんとか。なにそれ、すごくない? その話、すごくない? 教室のみんなに話したら大受けだろうな」

このたとえ話をいたく気に入ったらしく、伊藤君はシンバルみたいに手を打ち鳴らし、しばし大はしゃぎした。ようやく、顔を引き締めて向き直ってきたのは、智美が待ちくたびれておつまみのザーサイをつつき始めた時だ。

「そんな意地悪そうな顔するなよ。せっかく久しぶりに恋愛してるんだから応援してくれよな。同じ塾で受付やっている女の子なんだ。ついこの間バイトで入ってきて、歓迎会で仲良くなったんだ。俺らと同い年なんだよ」

のびきった麺を音をたててすすり、舌打ちを誤魔化した。ふん、ただのフリーター女か、と智美は柄にもなく毒づく。もちろん、伊藤君もアルバイト講師なのだが。やけになってスープに大量のにんにくを加え、丼を抱えてごくんごくんと飲み干してやった。

「美大出ているせいかな。とにかく普通と何もかも違うんだよね。読書量がハンパない。映画の趣味も合うんだ。ひょうひょうとしている女の子で、恋愛にも興味ないっていう感じなんだよな。最近は話しかけても全然乗ってこないしさ。どうすればこっちを向くのかなって、なんか悩んじゃって」

いつになく甘えたような顔つきで、こちらに擦り寄ってくる。智美は怒鳴りつけたくなるのを必死でこらえた。くだらない。どうせ根無し草みたいな女で、中央線沿線の安アパートをごちゃごちゃと飾り付けて貧乏たらしく暮らしているに決まっている。一緒にいてもコンプレックスを刺激されないから楽なだけだ。伊藤君のプライドは恐ろしく高い。同年代の俳優やスポーツ選手にはあきれるくらい嫉妬をむき出しにするし、智美の年収や待遇を気にしては、いじけている様子もある。

「伊藤君がそう言うんだから素敵な人なんだろうね」

「ああ、俺の一番の理解者って感じだな。シナリオライターの夢も彼女ならサポートしてくれそうなんだよな。何しろ映画に詳しくて……」

そんなに映画好きがお好みなら、おすぎと付き合えばよいのに――。

「普通と全然違うんだ。なんつーか、絶対に『セックス・アンド・ザ・シティ』なんかで喜ばないタイプ？」

伊藤君は皮肉っぽく唇を歪《ゆが》めた。智美とうだちんが大好きなその海外ドラマをよく伊藤君は引き合いに出し、ことあるごとにこき下ろすのだった。あまりにも資本主義的で、固有名詞に頼りすぎ、男と向き合わず、女だけで完結しているところが、許せないのだと言う。許すもなにも、最初から伊藤君のような視聴者に向けて作っているドラマではないのになあ、と智美はため息をつきたくなる。

彼はだらだらとその女について語り続け、追加の注文をせぬまま二時間も店に居続けることになった。従業員の徐々に冷淡になる視線にいたたまれず、智美は何度も伊藤君の袖を引いたが、一向に腰を上げる気配がない。まあ、それならそれでいい。円山町《まるやまちょう》も近いのだし今夜は泊まりだろう。そのつもりで下着の替えや歯ブラシ、洗顔フォームも用意してある。母親にはうだちんの家に泊まるとメールしておいた。ところが。

「あ、やばい。もう電車なくなる。やばい、やばい」

腕時計に目をやるなり伊藤君が大慌てで立ち上がったので、椅子から転がり落ちそうになった。彼は自分の分だけレジで支払うと店を飛び出していく。ラーメン屋で割り勘？　一体わざわざ何しに来たの？　あまりのことに面食らいながら、大急ぎで会計を済ませ後を追う。千葉県の実家で暮らす伊藤君は一時間半かけて都内に通っている。大金持ちの地主である両親が一人息子が家を離れることを許さないのだという。駆け足で先を行く伊藤君の背中を見ていたら、とうとう大声が出た。

「ねえ、ちょっと、待ちなさいよ！」

物わかり良く振る舞うのはもうたくさんだ。全速力で追いつくと素早く正面に回り込み、がっしりと腕をつかむ。我ながら敏腕刑事のような迫力だと思った。彼がたじろいだのがわかる。こういうことは絶対にしない方がいい、と頭ではよくわかっているのに、体中を慌ただしく駆け巡る血が言うことを聞いてくれない。

「ねえ、もう遅いよ。疲れた。どこかに入ろうよ。ねっ！」

通りすがりの大学生風の男の好奇に満ちた視線を感じたが、正直それどころではない。早く休みたいのは事実だ。もう足が破裂するほどむくんでいる。ややあって、伊藤君は深くため息をついた。

「ごめん。俺、今そういうの無理なんだ。好きな女いるから。誠実でありたい」

哀れむような顔でささやかれ、額を額にそっととぶつけられた。長い睫《まつげ》と冷たい息が頬に触れる。彼の体温やにおいに反応し、どぎまぎしてしまう自分を小突きたい。そうだ、にんにくを口にしてるんだった、と思い出し慌てて体を引く。

「ごめんな。お前の気持ちに応えられなくて」

智美は唇を強く嚙《か》み締める。彼を憎いというより自分が許せなくなる。まったく同じ相手に何度振られれば気が済むのだろう、私は――。尊敬しているわけでもない男に、どうして体ごと投げ出してしまうのだろう。大切に育ててくれた両親に申し訳がない。泣くもんか。それなのにじわりと目頭が熱くなり、うるんだ瞳でひたむきに彼を見上げる羽目になった。

「ごめんな。また連絡するから」

伊藤君は満足そうに智美の髪をなで、トレンチコートの裾《すそ》を翻し去っていった。高価そうなコート。塾講のバイトで買える代物ではない。どうせ親のすねかじりだ。こうして智美から得たエネルギーと自信をもって、その女に向かっていくのだろう。駅に向かって、なだらかで広い坂が四方八方から伸びている。涙でぼやけた目で見ると、駅へと急ぐ人々の姿が傾けた紙の上をすべっていく砂みたいに見えた。弛緩《しかん》しきった薄明るい夜空があきれた様子で智美を見下ろしている。

もう金輪際、あんな男と関わり合いになるのはよそう。自分が磨り減るだけだ。何度も振り返ってこちらを確認する彼を睨《にら》みつけ、智美は心にかたく誓う。伊藤君なんて能無しダメ女がお似合いだ。それなのに——。

帰り道、山下書店で『ヒロインみたいな恋しよう！』を買ってしまったのは何故なんだろう。

3

「ねえ、あれじゃない？　伊藤君って淡泊で、根本のところで女嫌いなんだよ」

うだちんは卵を片手で割ってみせながら、まさに言って欲しいことを言ってくれ、智美は感謝のあまりドット柄のエプロンに包まれたぽっちゃりとした小柄な体を抱きしめたくなる。

「きっと押されると引いちゃうんだよ。だから、智美に問題があるわけじゃないってば。むしろあなたが完璧すぎて引け目を感じちゃうんじゃないかなあ？」

紀尾井町《きおいちょう》のタルト専門店に併設された料理教室で、二人は四十五度の角度で向かい合って作業している。女だらけの二十数名の生徒も同じタイミングでタルト生地を作り始めていて、講師を務める男性パティシエが歩き回っている。壁一面のガラス窓からはニューオータニ沿いの並木道が望めた。うだちんが洋菓子メーカーの開発室に勤務しているため、こうして有名パティシエの主催する一日体験講座に付き合うことが多い。天井に固定されたプラズマテレビには、先ほど撮影されたばかりの、講師がタルト生地を練り上げる手元が大写しになっている。実務タイムに入れば、こうしておしゃべりを楽しむことができる。うだちんほど甘党ではないが、親友と一緒に手を動かしているうちに、必ず黄金色の菓子が焼き上がるというのは、時間を有意義に使っている感じがして、智美は好きだ。

「そうかなあ。でもさ、伊藤君が淡泊なのは私限定なんじゃない。そのバイト先の女には結構押せ押せみたいだし」

「だからあ、その女こそいかにもあっさり系じゃない。文化系でインドア派で恋愛に興味ないんでしょ。伊藤君、それくらい性を感じさせない女じゃないと堂々と向かっていけないんじゃないの？」

「何それ。それじゃあ、まるで私ががっついているみたいじゃない！」

膨れっ面を浮かべ、智美は白いバターにナイフを振り下ろす。もともと女子校育ちの智美は奥ゆかしいタイプだ。伊藤君の前に付き合ったのは二人だけ。どちらも向こうから告白され、熱烈に押される形で始まった。伊藤君が煮え切らないから、仕方なく強いキャラクターにならざるを得ないだけなのに。

「まあまあ怒らないでよ。その相手の女、そよ風みたいなタイプなんだよ。きっと」

「そよ風……」

冷たい長方形のバターがナイフの下で、小さな正方形からより小さな正方形へとどんどん形を変えて、増え続けている。伊藤君の好きな女が突然、くっきりと形をもって現れた。そう、化粧っ気はなく洗いっぱなしの猫っ毛を風になびかせている。ざっくりしたセーターやキルトスカートを無造作に身に着け、いつも木陰で翻訳小説を読んでいる。ガツガツ努力したり、目標を掲げてまい進することもない。ただありのままを受け止めて抗わずに生きる、水のように透明で羽のように軽やかな女の子。

「そういう女って、追いかけたくなるんだろうなあ。連ドラじゃなくて単館上映映画のヒロインって感じ」

冷やしておいた粉に小さく刻んだバターを加え、そぼろ状になるように手ですり混ぜた。彼女に比べて自分はなんと物欲しげなことか。これでは、ヒロインの恋を邪魔する、高慢でぎらついた脇役の女そのものである。伊藤君とラーメン屋で会ったあの夜から『ヒロインみたいな恋しよう!』は智美のバイブルと化していた。もっと早く読んでおけばよかったと悔やまれてならない。

「まあ、好みによるんじゃないの。ねえ、それにしても、あんな男のどこがいいのよ?」

きっと上手く説明できないだろうから、智美は口をつぐむことにした。彼のにおいとか体温とか、声や仕草。そういう形のないものに慣らされてしまった以上、ちゃんと彼自身を手に入れて自分のものにしたい。そう思うのはおろかなことだろうか。

「顔がいいのは認めるけど、決して条件はよくないと思うよ。そのままの智美を認めてくれる、ちゃーんとした男、他にいくらでもいるでしょうに」

寂しげな桜の並木を見つめながら、伊藤君と知り合った合コンを思い出す。どうしてあの時、カラオケボックスの隅っこの席ですねたように背中を丸めている彼に話しかけてしまったのか。少なくとも他の男は皆、ちゃんとした企業に勤めていた。

伊藤君は出会った時から、エスカレーターにずっと乗っている気がする。他の誰もがすでにエスカレーターを降りて、それぞれの職場のあるフロアで働き始めているのに、伊藤君が降りる気配はまったくない。ひたすら高く高く上っていって、地べたで働く智美にはもう顔すら確認できない場所に伊藤君はいる。といっても、彼を眩しく思うとか、尊敬しているわけではない。伊藤君の言うこと、やることなすこと、あまりにも現実味がない。その生き方に結論は出ないからジャッジはできない。いわば殿上人だ。だから、彼を好きでいるのは不安でも楽なのかもしれない。

「いや、そんなにモテるわけじゃないよ。女ばっかりの職場だから出会いないしねえ。合コンは苦手だし。そりゃ、私だって伊藤君を追いかけるのは不毛だってわかってる。でも、他にいいと思える人が今のところいないんだもん。今から誰かを探すとかさ、怖いしおっくうなんだもん」

うだちんはいい加減苛々してきたようで荒っぽい手つきで、智美からタルト生地を奪った。黄色い固まりをどしんと大理石の作業台に打ちつける。

「この話いつからしてると思う？　四年半だよ、四年半。もう私達、二十七歳なんだよ。いい加減、その負のスパイラル断ち切りなよ」

自分を思ってくれてのこと、とわかっていても目の前が真っ暗になった。うだちんは女子大の頃から付き合っている彼氏と来年結婚を控えている。安定そのものの彼女にこちらの気持ちがわかるはずない。それに。

伊藤君が講座やスクールに金をつぎ込むのもわからなくはないのだ。こうしてうだちんに付き合って、お料理教室に来るたびに心が羽毛のようにふわふわ浮き立つのがわかる。伊藤君から来ない連絡を待って、不毛な週末を過ごさなくてよくなる。休みに予定が入っているだけで、自分は価値のある女である気がしてくるし、物を教わるともなればなおさらだ。教室で熱心にメモをとって身に付けたフィユタージュだのテンパリングだのは、決して家庭では再現しないだろう。それでも、著名な講師に手取り足取り、甘い香りのする教室で美しいフランス語の名がついた技法を習っている間は、将来の不安や男とも上手くいかない現実も彼方に追いやられる。伊藤君も、きっと一人で何もしていない時間が耐えられないのだろう。講座で味わえる充実に金を払っているのは、智美も一緒だった。

「うちの店に二十万円する鞄があるんだけど……。なんか私、あの鞄みたい」

「え、なんのこと？」

「品質もデザインもすごくいいのに、なんでだか売れないんだ……。手入れが大変そうだとか……。誰からも必要とされない……」

「そのうち売れるよ！　いい商品なんだから！　智美の理解者もいつかちゃんと現れる。ね？　こんなに綺麗で頭もよくて、性格だっていいんだからさ！」

バターでべたついた手で力強くエプロンをつかまれ、ふいに涙がこみ上げそうになる。

うだちんが男ならいいのに。そうしたら伊藤君なんてつまらぬ相手に目もくれず、うだちんだけを大切にするのに。目の前の親友を異性に置き換えてみようと目をうんと細めた瞬間、バッグの中で携帯電話が振動しているのに気付いた。ディスプレーに表示された名前を見て息を呑む。ラーメンデートは八日前。こんなにすぐ連絡が来るなんて初めてではないだろうか。

「ごめん、伊藤君からだ。ちょっと外に出る」

目を見張っているうだちんに背を向け、携帯電話を粉まみれの手にとり表に飛び出す。コートを羽織る暇がなく、薄手のニットの上半身を北風が容赦なく叩《たた》いた。通り過ぎた外車がエプロンを翻した。

「もしもし、俺。今大丈夫？」

伊藤君は妙に早口だ。かすかに鼻声気味で色っぽい。お菓子教室に来ているんだ、今度伊藤君にも作ってあげるね、いちじくとアーモンドのタルトなの――。

「今晩暇？　夜七時半からのライブ行かない？　一緒に行く友達が駄目になったんだ。渋谷公会堂なんだけど」

こんな風に伊藤君からお誘いを受けることなど滅多にない。なにがなんだかわからないながらも、頭の中で冷静に計算が働いていた。腕時計を見ると三時だ。タルトの焼き上がりを待ってすぐに帰宅すれば、着替えてメイク直しするくらいの時間はできる。

「いいんだな？　じゃあ、ホール近くのドトールで。チケットは現地で渡すから」

伊藤君は有名な大御所バンドの名前をあげた。伊藤君が好きだというのは初耳だ。興味はまったくないが、北島三郎でもレディー・ガガでももはやなんでもよかった。

「うわっ、いいの？　ありがとう。私大好きなんだよね」

とにかく絶対に遅れないで、ドタキャンしたらタダじゃおかない、と念を押し、伊藤君は一方的に電話を切った。思わず、やった、と拳を握り締める。窓ガラス越しのうだちんが、ゴムべらを手に心底あきれ返った顔つきで突っ立っていた。

智美はようやく我に返る。すぐに電話に出ること、誘いにすぐにＯＫすること、はしゃいだ声で言いなりになること。『ヒロインみたいな恋しよう！』で最もやってはいけないとされる行為ばかりではないか。それにしても――。

伊藤君は本当は誰と行くつもりだったんだろうか。

4

智美が渋谷公会堂前に走り込んだ時は、七時二十分を過ぎていた。代々木公園の方面はすでに真っ暗で、木々のシルエットが不穏な雰囲気をかもし出している。ホール前は人で溢《あふ》れていていくつもの肩にぶつかった。転がるようにしてドトールの扉に身をすべらすも、混んだ店内に伊藤君らしき姿はない。珍しく遅刻したのは、支度に時間がかかり過ぎたせいだ。化粧を念入りに直し、赤いニットに何を合わせるべきか真剣に悩んだ。教室で焼き上げたいちじくのタルトを二切れ、丁寧にラッピングしてリボンをかけ、鞄にしのばせている。どうしよう。怒って帰ってしまったのかも――。腰の辺りで明るくハスキーな声がした。

「もしかして、島原智美さん？」

カウンター席に腰かけていた赤毛のショートカットの女の子がこちらを見ていた。驚くほど小顔でハーフのような美人だ。蛍光色のレギンスに包まれた長い脚をもてあまし気味に、お行儀悪く腰かけている。

「よかった。私、宮田真樹《みやたまき》です。マッキーでいいよ。伊藤君のお友達だよね？」

よくわからないままうなずく。友達、という言葉にかすかに打ちのめされていた。自分はそんな風に紹介されているのか。

彼女が立ち上がると、ゴツッとした質感のアクセサリーがジャラジャラと揺れ、レザーのジャケットに反射した。全身ファストファッションであることが丸わかりだが組み合わせとバランスが絶妙なので、少しも安っぽく見えない。自分より長身の女は滅多にいない。智美は崇《あが》めるように彼女を見上げてしまう。ここまで媚びないファッションをさらりと着こなせるのは、おそらく芸能人かアパレル関係者……。マッキーはさっさとトレイを片付けると人懐こく笑いかけ、智美を促し店を出た。

「はい、これ。今夜は二人で楽しもうね」

二枚綴《つづ》りのチケットを取り出し、一枚をピッと破るとこちらに差し出した。ためらいながら手を伸ばす。とにかく今夜のライブに彼は来ないようだ。全身から力が抜けていく気がする。あきれ顔のうだちんを残し、家に飛んで帰り身支度を整えケーキを手に駆けつけてきた。この数時間を思い返すと情けなくみじめで、消えてしまいたくなる。

それにしても目の前の女は誰なのだろう。もしかして、伊藤君が片思いしている例の女なのだろうか。塾の受付には見えないしイメージは全然違うけれど、これだけ自信に満ちた美人ならば追いかけたくもなるだろう。

「あ、もう開演時間だっ。急ごう！　智美ちゃん！」

マッキーは突然こちらの手をとると、エントランスに向かって力いっぱい駆け出していく。引きずられるようにして智美も仕方なく走った。どうして振り回されてばかりなのだろう。職場では後輩を力強く指導する立場にあるのに。智美は自分が何者でどこに向かっているのかもよくわからなくなってきた。

生まれて初めて聴くテクノの、単調なリズムとハーモナイザーはまるで心に入ってこなかった。こんな音楽のどこがいいんだろう。会場の熱気に一人取り残され、伊藤君にすっぽかされたショックも蘇り、何度も涙がこみ上げてきた。

マッキーは心から楽しそうに体を揺らし、時々両手を突き上げ声を嗄らしていた。異性に媚びない、わが道を行く飛びっ切りの美女。これぞ、連ドラのヒロインにふさわしい女。

ライトで照らし出された横顔を盗み見ながら、早く家に帰りたいとそればかり願った。ライブが終わりほっとしたのもつかの間、マッキーの大きな手でがっちりと肩をつかまれた。

「ねえ、ねえ。一杯でいいからさ、付き合ってよ」

気はすすまないが断れない。拉致されるようにして公園通り裏の洋風居酒屋に引っ張り込まれた。ラミネートされたメニューを見るとぎょっとするほど安い。マッキーは慣れた様子でアボカドディップやタコライスを注文すると、さっそく運ばれてきたビールジョッキを突き上げた。

「かんぱーい、私たちの出会いを祝して。ねえ、そのブーツ可愛い。どこの？」

自社商品だ、と説明するとマッキーは興味しんしんといった様子で身を乗り出してくる。随分とブランドに精通していることがわかった。

「スタイリストやってるの。最近独立したんだ。まだまだ稼げないけどさ」

「え、ちょっと待って。真樹さんは……」

「マッキー」

「マッキーは塾の受付じゃないの？　その、伊藤君と同じ職場の……」

きょとんとした後で、マッキーは弾けるように笑い出した。

「あはは、それは私のルームメイトのシュウちゃんでしょ。私は今夜、シュウちゃんの代理で来たの。言わなかったっけ？」

「シュウちゃん……」

目の前の女がライバルではない、とわかると安堵で肩の力が抜けていく。やっとビールの味や泡のかたさがはっきりと感じられてきた。夢中でジョッキを飲み干しお代わりを頼む。酒は決して弱くない。両親やうだちんが飲まないので普段は控えているだけだ。

彼女と話すうちに今夜のからくりがわかってきた。そもそもこのライブはシュウちゃんと伊藤君の二人が行くはずだったのだ。ところが、直前になってシュウちゃんがキャンセルし、マッキーにチケットが回ってきた。彼女が不参加とわかると伊藤君は急に行く気を失ったというわけだ。

「まあ、代打同士楽しくやろうよ！」

マッキーの言葉がいちいち胸に刺さってしまう。どうして伊藤君はここまでひどい仕打ちをするのだろう——。うすうす勘づいていたとはいえ、智美はショックでぼうっとしてしまう。彼にとって自分がどれほど取るに足らない存在か、今夜はっきりわかった。もう誤魔化しはきかない。

うだちんの言葉も、職場での評価も、充実した週末も、両親も、何一つとして智美を助けてはくれない。自分は伊藤君にこれっぽっちも好かれてはいないのだ。

「てゆーかさ、伊藤君ってかなり必死だよねえ。シュウちゃんのために、こんなに高いチケットまで死に物狂いで手に入れてさ。なのに報われないよね。シュウちゃん、かなり伊藤君のこと嫌ってるよ。あ、ごめん。友達なのにこんなこと言って悪かったかな？」

頭をガンガンと打たれているような衝撃に耐え、智美はなんとかにっこりしてみせる。ここまで来たのだから、もう徹底的に傷ついてしまいたい。

「ううん、全然。ていうかそれほど仲良くないの。だってあの人」

大きく息を吸い込み、一息に言った。

「すっごいナルシスト。私はっきり言って苦手なの」

マッキーは飛び上がらんばかりに喜んだ。

「おっ、言うねえ！　もっとコンサバで上品な人かと思ってた。私、あなたみたいな人好き！　だよね。私も伊藤って大嫌い。まあ、シュウちゃんから聞いてるだけで、実際に会ったことはないんだけどさ。ありゃ、ただのストーカーでしょ」

「ストーカー……」

「シュウちゃんがどんなに拒んでも、付きまといをやめないんだよね。スパッと告白してくれれば、断りようもあるのにさ。またアプローチがいちいち必死でイタいんだよね。捨て犬みたいな顔で周りをうろうろされて、シュウちゃんはもうノイローゼ寸前だよ。まあ、やっとありついたアルバイトだから、我慢するしかないみたいだけど」

智美は奥歯を嚙み締める。捨て犬。なんだか自分のことを指摘されている気がした。伊藤君と自分は似ているのかもしれない。人を好きになると周りが見えなくなり、行動が空回りしてしまう。頑張れば頑張るほど相手に疎まれる。

「おーい、聞いてる？　智美ちゃーん」

「あ、うん」

もどかしそうなマッキーの声に我に返る。彼女はマイルドセブンを取り出し火を点けると、大層悪そうに笑った。まだまだ伊藤君叩きの手をゆるめるつもりはないらしい。

「伊藤も卑怯だよねえ。シュウちゃんがこのライブのチケットを喉から手が出るほど欲しいことを知ってて、金にモノを言わせたんだよ。彼女も最初は我慢して行こうと思ってたみたいだけど、見かねて私が引き受けたんだ。なんなら伊藤にガツンと言ったれ、と思ってね」

「ふうん……」

「ねえ、智美ちゃんもなんかないの？　伊藤の悪口。私なんか毎晩のようにシュウちゃんから聞かされてるよ。この間なんかさー」

もう我慢の限界だ。智美はジョッキをテーブルにぶつける。鼻の奥が痛い。彼が不憫《ふびん》だった。相手に断られないようにあれこれ予防線を張り、作戦を練る彼が。なんとしてでも彼女との時間が欲しい彼が。そしてすべての魂胆が丸わかりの彼が。智美は静かに立ち上がった。マッキーは口の端にドリトスをくわえて、きょとんとしている。

「あなたたち、ちょっとひどいんじゃないかな」

智美は懸命に穏やかな口調を心がけた。後輩に注意する時の態度をなんとか思い出そうとする。

「一生懸命誰かを好きになっている人のこと、笑ったり莫迦にしたりして、ひどいと思う。そのシュウちゃんっていう人も、本当に嫌なら逃げ回るんじゃなく、それを明確に表明するべきだと思う。中途半端に期待をもたせて優越感に浸ってるんじゃないわよ……」

気持ちが高ぶるにつれ、声が震え出した。気付けば、隣のテーブルの客も店員もちらちらとこちらを見ている。

「ちょ、ちょっと、どうしたのよ？」

「得意になって見下してればいいわよ。私は笑われたって構わない。そんなこと私はもう怖くないもの」

財布から千円札を数枚つかみ、テーブルに置いた。それでも気は済まず、タルトの入った箱も一緒に添える。

「ちょ、ちょっと」

マッキーの慌てた声にくるりと背を向け、そのまま店を出た。そのまま夢中で駅へと走った。油断すると泣きそうになるので、何度も下腹に力を込めた。

5

客もまばらなフロアにBGMのクリスマスソングがむなしく響いている。つい吹き抜けを見上げると光が眩し過ぎて、一瞬世界が真っ白になった。

「今日どうしたんですかね？　ハンキューどころか、財布も手袋も動く気配ないですね」

智美も三芳ちゃんもやることがなく商品を磨いてばかりいる。販売員にとって暇ほど疲れるものはない。いくら不景気とはいえ、あと一週間でクリスマスイブだなんて信じられない。本当なら倉庫へ在庫整理にでも行きたいところだが、五年目ともなると売り場からは離れられない。ぼんやり腕時計を眺めていると一分ですら長い。仕方なくレジに小銭を注ぎ足していると、聞き覚えのある声がした。

「よお」

さらさらした長い前髪の間から、機嫌をとるような視線が見え隠れしている。伊藤君が店に来るなんて初めてのことではないだろうか。驚きを悟られないように乾いた唇を引き締める。あのライブの夜から五日が経つ。伊藤君からの着信やメールが何度かあったが無視していた。言い訳を聞いたら許してしまいそうな自分がいたし、もう完全に望みがないことは十分過ぎるほどよくわかっていた。

「もしかして着拒《ちゃっきょ》？　おい、ひどくないか？」

すねたような口調だが、目はびくびくとこちらの様子を観察している。

「俺だって、少しは反省してるのにさ」

智美は仕方なくほんの少し笑ってみせた。伊藤君は安心したように、にやっと歯を見せる。いたずらのお許しが出たやんちゃ坊主みたいだ。三芳ちゃんが好奇心むき出しに二人を見比べ、弾んだ声をあげた。

「もしかして彼氏さん？　先輩、そろそろ休憩なんだし、お茶でも行かれたらどうですか？　お客さん少ないし、私一人でも大丈夫ですよ」

彼女に押し切られる形で、レジ下から販売員共通のビニールバッグを取り出すと、浮かない足取りで伊藤君の後に続く。彼はデパートを出てすぐのところにあるスターバックスにずんずん入っていった。珍しく財布を取り出し、季節限定のラテをおごってくれた。智美は空いている席に先に腰を下ろし、クリスマスカラーの紙カップをじっと見つめる。甘ったるい「サンタ・ベイビー」が大きな音で流れていた。

向かいに座った伊藤君はやけに愛想良く笑いかけてきた。

「どう？　売れてる？」

「全然……」

「そっか、お前んとこの商品って、敷居が高い感じがするもんな。ああいう重厚な革素材ってカッコイイけど、手入れが大変そうで、二の足踏むもんな。なんせ高いし」

機嫌を取るようにこちらをうかがいながら、いきなり本題をかぶせてきた。

「あの夜は本当にごめんな。彼女が行かないってゴネて、どうしていいかわかんなくなって。俺もテンパっちゃったんだよ」

「そう……」

「ライブ楽しかったか？　えーと、宮田さんとは仲良くなれたか？」

「別に……」

もはやここから立ち去りたい一心だった。わざわざ謝りに来たのもどうせ気まぐれなのだろう。

「そんな顔すんなよ。今の俺にはお前しかいないのにさ」

驚いて顔を上げると、伊藤君は困ったように目を伏せた。

「あの子さ、俺の好きだった子、やめちゃったんだよ。アルバイト」

「そうなの」

何と言っていいのかわからず智美はカップに口をつける。お菓子のようなクリームの甘さが、乾ききった舌にじんとしみていく。

「この間、彼女と一対一でやっと話せたんだけどさ。俺、本当に嫌われてるっぽい。あーあ、何がいけなかったんだろう。ライブのチケットまで手に入れて、めちゃくちゃ尽くしたんだぜ」

伊藤君は首の後ろに手を組み天井を仰いでみせる。おどけた風を装っているのが痛々しかった。

そういうとこじゃない？　言葉が喉まで出かかったが、いつになくしょげている彼を見ていたら哀れになってしまった。いつの間にか、そっと目の前の手を握り締めていた。白くて長い指は一度も労働をしたことがないかのようにすべすべとなめらかだった。マニキュアをしているのに、智美の手の方がよほど男らしく見える。伊藤君がかすかにこちらの手を握り返してきて、なんだか涙がこぼれそうになる。

「なーんか、莫迦みたいだったよなあ。俺、もういい加減、彼女のことふっきろうと思う。新しい道を歩き始めなきゃだよな、うん」

智美はかすかに胸が高鳴るのを感じた。今度こそ、本当に何かを書き始める——？　それとも、今度こそ私を選んでくれるの——？

「一年間、セミナーに通おうと思うんだ。『トータルエモーションズ』って知ってる？　シナリオとかじゃない。自分をメンタルから変える講座」

全身の力が抜ける反面、ほっとしてもいた。結論は先延ばしにされ、智美も伊藤君も当面このままでいることが今、決定された。

「あ、変な宗教とかじゃないよ。メディアにも出てる有名なプロデューサーが見所のある人材を門下生として育てていく訓練の場なんだ。その教室の力でデビューしたクリエーターがもう何人もいるんだぜ。すごいんだよ。俺、実はそのプロデューサーと個人的に面識があるんだよなあ。映画のトークイベントで知り合って、すごい気に入られちゃって。その人を信じてついていけば間違いないって感じなんだ」

智美はあきれて言葉を失う。伊藤君は熱っぽい表情でしゃべり続けている。

青山の総合カルチャースクール内にあるそのセミナーは、現在八十人が在籍している。つい最近もそこの会員がネットビジネスで成功したこと、月に三万円の会費だということ、夏は軽井沢、冬は京都で強化合宿があること、講師として有名構成作家や文化人が招かれ業界に人脈ができていくことなどを、伊藤君は嬉々として語った。智美はいい加減にあいづちを打つ。極めてうさんくさいと思った。

矢崎莉桜にしてもそうだが、なんだってフリーの人間が教室だのワークショップだのを開くのだろう。智美には不思議でならない。例えば、自分が自由業でそこそこ成功していたら、絶対に技術や秘訣を他人に伝えたくないだろうと思う。企業に属しているわけでも、誰かに守ってもらえるわけでも、何の保証があるわけでもない。一匹狼で闘わねばならない職業なのに、どうして手の内を他人に明かさなければならないのだろう。改めて、伊藤君がひどく不用心で子供じみて思えた。金を払って講座に行けば、有名人と知り合えば、道が開けると思っているのだろうが、もしかして彼は何かを身に付けるつもりで、永遠に搾取され続けるのではないだろうか。おそらく、伊藤君が盲信するほどに彼らに本業での稼ぎはないのだろう。講師の仕事や講演会はいい実入りになるのではないか。もっと踏み込んで考えれば、矢崎莉桜もそのプロデューサーも若手の芽をつみ取ろうとしている気がしてならない。伊藤君のようなぼんやりした野心の持ち主を一カ所に集め、口当たりのいいことを吹き込み、意欲を吸い取る。中堅の成功者の底意地の悪さが見える気がするのは、智美の考え過ぎだろうか。

少なくとも、自分にそのからくりが透けて見えるのは、アルバイトではなくプロとして働いているからなのだと思う。

まるでエスカレーターみたいだと思う。講座でもスクールでもそこに所属してさえいれば、停滞することはないし、どこかいい場所に運ばれているように錯覚できる。だから、伊藤君の「本番」は永遠に始まらない。

「俺さ、そこに入ろうと思っているんだよ。だから、ちょっとだけ金が必要なんだ。入会金の二十万だけ」

「え、そんなに？」

やっぱりお金というのは集まるところには集まるものだ。智美がぼんやりしているので、伊藤君は大きく咳払いをした。

「なんとかなったら、嬉しいなー、なんて。もちろん返すつもりだよ」

目の前の彼は、媚びるように智美をうかがっている。何故か怒りが湧かない。それどころか、定期預金の残高を思い出そうとしている自分が不思議だった。いつまでも黙りこくっている智美を見て、伊藤君はだんだん不安になったようだ。

「あ、もちろん冗談だよ。仕事中にごめんな、こんな話して」

伊藤君は慌てて二人分のカップをつかむと、逃げるようにしてカウンターに向かっていった。

彼と別れて売り場に戻ると、さっきまでとは打ってかわって突然のように活気に満ちていた。

八万円以上の商品が飛ぶように売れる。恋人へのプレゼントを慌てて買うような客が目に付く。

その日、六十六万円を売り上げた時点で智美は決心がついた。

伊藤君に二十万円を出そう。

ホストに貢ぐ女性が言うような「彼への投資」ではない。もとより回収するつもりなど毛頭ない。ただ、この膠着《こうちゃく》状態に風穴を開けてくれるのであれば、決して高くはない気がする。いわば、ひたすら高みに上っていく伊藤君を見上げるだけの状態を、二十万円で変えられるのではないか。エスカレーターに乗って安心している彼の裏をかいて、エレベーターで先回りし、目的地で待ち構えているようなものだ。もやもやした名前の付かないこの状態を終わらせてしまいたい。もはや彼に対する感情が「好き」なのか「憎い」なのか自分自身よくわからないのだ。最後の賭け――。それが一番ぴったりくる表現だった。そうと決まれば、早く動いた方がいい。休憩時間に社員食堂でメールを打った。

〈仕事帰りに会えない？　話があるの。早番だから七時に代々木まで行くよ〉

〈代々木？　俺、今は本校じゃないんだ。ちょっと前から戸越銀座校に派遣されてる。悪いけど、駅まで来てもらえる？〉

職場が変わったなんて、まったくの初耳だった。彼がたった二十万円を用意できないということと何か関係しているのだろうか。

お金を払ったが最後、永遠に本当の恋人にはなれないのかもしれない。より多く差し出した方が負け――。『ヒロインみたいな恋しよう！』にもそう書いてあったではないか。

伊藤君を隔てて、穏やかな光の中にいるシュウちゃんについて考えてしまう。あちら側に立てるのは一人だけなんて誰が決めたんだろう。シュウちゃんはこんなみじめさなど、一生知らずに生きていける女の子なのだろうか。

社員食堂は、缶詰のデミグラスソースのにおいに満ちていた。

6

自社商品の牛革の鞄には化粧道具と文庫本くらいしか入れていないのに、ずしりと重い。茶封筒の中の二十万円のせいだろうか。

戸越銀座駅の小さな改札で伊藤君の姿を認めた瞬間、智美はふと涙が出そうになった。イブにこうして彼と過ごすこと。形はどうあれ長年の目標が叶っている。この数日間、彼とお金のことばかり考え続け、すっかり忘れていた。

「あんまり時間がないんだ。そこのフルーツパーラーでいいか？」

駅を挟んで商店街が東西に延び、七時を過ぎても買い物する女性で賑わっている。並んで歩き始めると不思議な気分になった。お醤油とみりんで何かを炊くにおい。こんな風に生活感のある場所を伊藤君と一緒に歩いているなんて。彼は痩せたみたいだ。肩がとがっていて妙にふわっとした足取りだ。お金を借りる卑屈さをまるで身に付けていないのが伊藤君らしい。

本屋の二階にあるフルーツパーラーに辿り着き、お互いコーヒーを注文した。視線の右下を池上線がごとごとと通過していくのを見届け、姿勢を正して切り出した。

「この間の、セミナーのお金のことなんだけど」

「ああ、あれ、もういいんだ」

彼はどうということもない風に笑い、智美は怪訝《けげん》な思いで首を傾げる。

「ある女の子に言われたんだよ。そんなセミナーに入っても、意味ないんじゃないかって。単に業界人と知り合ってプロの自慢話聞いて、それだけなんだろうって」

智美は息を呑んだ。自分もそう思っていた。でも、言ったら嫌われると思って我慢していた。

「つうか、俺、脚本家の夢はちょっと寝かせておこうと思ってるの。俺が何書いても世界は変わんないし、変えられないわけじゃん。意味あんのかなあって思っちゃうんだよな」

伊藤君がこうも素直に言うことを聞くからには「ある女の子」とはシュウちゃんなの

だろう。シュウちゃんは正しいことをはっきりと言える人なのだ。

「その子がさ、すっげえ鋭いこと言うんだよ。書くことって一人でやるもんでしょう、とかさ。女なのにそこまで相手に切り込んで物を言うのってすごいよね。尊敬しちゃうよ」

まったくその通りだ。なんだ――。伊藤君も人の意見を聞くのだ。こんな風に理解されるなら、感じたままを言えばよかった。頬を思い切り殴られた気分である。

でも、もう引き返せない。コーヒーを一息に飲み、心を落ち着け深呼吸をした。

「あのね、実は私、二十万を持ってきたの。貸そうと思って」

まっすぐに彼を見ると、案の定おびえた顔をされた。

「まじで？　この間のあれ、本気にしたのか。まいったな。でも俺、貸してなんて一言も言ってないよね」

彼は砂糖とミルクをカップに入れ、せわしなくスプーンでかき混ぜている。

「君のそういうとこ、苦手なんだよ。なんかさ、勝手に一人でどんどん先に動いてさ。俺のことを買いかぶりすぎててさ。息が詰まるよ。男ってもっとゆったり構えててくれる女が好きなもんなのにさ」

智美は鞄から封筒を取り出し、テーブルに置いた。

「お願い。使って」

「はあ？　話、聞こえてる？」

伊藤君はあきれ顔で笑っているが、ゆっくり繰り返す。

「二十万くらい大の男なんだから、すぐに使えるでしょう。返さなくていいわ」

「いや、でも、本当。いいよ。いらないし」

伊藤君は明らかに狼狽《ろうばい》している。封筒は智美たちの間に横たわる。どちらも手をつけないそれは小さい屍《しかばね》みたいだった。

「なんで？　私ならすぐに使えるよ。伊勢丹に行けば二時間で使える。海外もいいよね。卒業シーズンは安いよ。あっ、思い切って一人暮らしの資金にしたら？」

目を合わせないように、池上線だけを見てぺらぺらとしゃべった。思えば最初から伊藤君は智美になんの感情も持っていなかった。ただ、拒否だけはしなかった。他のことは見ないようにして、その一点に全力でしがみついた五年間である。手はしびれ、もうほとんど力が残っていない。

「俺は、そんな風に金を使えないよ」

伊藤君は力なく膝を見つめ、ぽつりと言った。しばらくの間、彼は所在なげに窓の外に目を向けていた。

「君ってさあ、すごく素材のいい持ち物を大切にしているでしょ。でも、そんな高い物買って、大事にできる自信も、手入れできる気力も俺にはないんだよ……」

その声は次第に次第に細く、糸のように頼りなくなっていく。

ここまで彼を追い詰めたのは智美のせいなのかもしれない。初めて彼と視線が合った。そこには何もなかった。高みに居た彼を全力で同じ目線に引きずり下ろすことに成功したらしい。それなのに、このみぞおちが締め付けられる感覚はなんなのだろう。智美はようやく目が覚めた。私はちゃんと伊藤君が好きだったのだ。好きと言わせることに必死になるあまり、肝心の自分の気持ちの真ん中をおろそかにしていた。追うとか追われるとか、どうでもいいことばかりにかまけていた。

「じゃあいいよ。私が頂きます。私は自分のためにお金を使える人間だもん」

涙をこらえてにっこり笑うと、封筒を仕舞う。

「元気でね」

椅子から立ち上がると背を向けて歩き出した。伊藤君の声が聞こえたが、きつく目をつぶり店のドアを押す。絶対に絶対に振り返ってはだめだ。智美はブーツのかかとを蹴り上げ、階段を駆け下りる。

もう会わない方がいい。そのためにも今すぐしなければならないことがある。

店に戻ろう。乗り換えが上手くいけば、八時の閉店に間に合う。この二十万でハンキューを買うのだ。誰かが手に取るのを待っている場合ではない。自分の背中は自分で押すしかない。社割はきかないけれど、この際仕方ない。

7

新宿駅から無我夢中で走ったせいか、なんとか七時五十分にはデパートに飛び込むことができた。もう周囲のブースは片付けを始め、一部はレジ締めに取り掛かっている。決意が鈍らないうちに、ハンキューを手に入れねば。

店に駆け込んだが、三芳ちゃんの姿がない。一体、どこに——。この大事な十分間に店を離れるなんて信じられない。閉店を任せられるまでに育てたと思ったのに。智美は腹立たしさをこらえ、棚の上のハンキューにそっと手を伸ばす。いつもは手袋をはめて慎重に取り扱っているから、こんな風に素手で触れるのは初めてだ。ひんやりと濡れているような質感に心を奪われる。

その時、気配を感じて振り返った。店の入り口に眼鏡をかけた女の子が佇《たたず》み、きょろきょろしている。智美は咄嗟《とっさ》にコートを脱ぎ、荷物と一緒にレジ下に突っ込んだ。プレッピー風ジャケットだから、販売員らしく見えるだろう。髪を手早くまとめ、営業用の微笑みを浮かべる。

「いらっしゃいませ。何かお探しでしょうか」

歩み寄ると、彼女はびくついたようにこちらを見上げた。小柄な女の子だった。毛羽立った紺色のダッフルコートの中で華奢《きゃしゃ》な体が泳いでいるのがわかる。キュッと結わえたお団子頭に、そばかすの目立つ青白い小さな顔。美人ではないけれど何とも言えない愛嬌が漂っている。この店に来る客としては珍しいタイプだ。二十歳くらいだろうか。

「その鞄、見せてもらえますか？　鞄売り場をぐるぐる見て歩いたんですけど、なんでだか、どうしても気になってしまって。値段がついてないから、売り物じゃないんでしょうか？」

彼女の指し示した方向を見て智美は息を呑む。ハンキューだ。もちろん、笑顔は崩さず手袋をはめて棚に手を伸ばす。

「ディスプレー用に作られていますけど、商品ですよ。とても軽くて、使えば使うほど艶や風合いが出てくる素材なんです」

値段を告げると、彼女は一瞬目を丸くしたが、

「ま、それくらいですよね」

と、言い聞かせるようにつぶやいた。

「就職活動用にと思ってるんです」

女の子は恐る恐るハンキューの持ち手を握り締め、不安そうに自分の姿を鏡に映した。

智美は目を見張った。まるで誂《あつら》えたようにハンキューはぴたりと彼女になじんでいた。履き古したコンバースやくたびれたコートまで、急にお洒落に見えてくる。革の輝きは子供っぽい横顔を聡明にし、小さな体に地に足のついた魅力を与えた。

「お客様、本当にお似合いです」

お世辞ではなく心からの賛辞が口を出た。彼女は赤くなってもじもじしている。

「カジュアルな装いにもぴったりすると思います。一生使える品質ですから、決して高い買い物ではないと思いますよ。お客様ならこのコを安心して任せられます」

気持ちが高ぶって口がすべってしまった。彼女はちょっと笑って、眩しそうに智美を見上げた。

「ありがとう。私、今まで鞄に五千円以上かけたことなんてない。鞄なんて丈夫な布トートで十分って思ってた」

彼女は恥ずかしそうに、薄汚れた布のトートバッグに目をやる。

「でも、色んなことが上手くいかなくて、このままじゃいけない。今度こそ、一生ものを、それに似合う女性になろうって思い立ったんです。長く手入れできるよう、頑張らないと」

「そんなに難しく考えないでいいんですよ。手入れってそんなに大変でも辛いことでもないんです。怠ける日があったって大丈夫です。万が一、疵《きず》やしみができたってそれは革ならではの味になりますから」

張り詰めた小さな顔がふといとおしく思えて、智美はできる限り柔らかい口調を選ぶ。自分の接客に足りなかったのはこれだ、とようやく悟った。価値あるものを見つけて、それを慈しみ、大切にするのは怖いことではない。それを身をもって顧客に伝えなければならなかったのだ。伊藤君にもそう教えてあげればよかったのだ。

「気付いた時に、ちょっとずつ柔らかい布で磨いて、定期的にプロのメンテナンスに出せばいいんです。売り場に持ってきていただければ、いつでもアドバイスしますよ」

「じゃあ、これ頂きます。現金でいいですか？」

現金で二十万円持ち歩いている客なんて初めてだ。この人はもしかして、神の使いだろうか。それともサンタクロース？　智美の願いが女の子の形になって現れたのではないだろうか。

遠くから三芳ちゃんが必死な顔で走ってくる。その姿が涙でぼやけそうになり、智美は慌てて頭を下げる。

きっと明日も大丈夫なんだろう。恋を一つ失っただけで、何もかも失くしたわけじゃない。智美がこうやってお店に立ち続ける限り、毎日ちいさな奇跡は起きるのだ。

「お買い上げ、ありがとうございます！」

自分の声が八階分の吹き抜けにこだまし、青空まで届いたのがわかった。

「蛍の光」が流れ出すと同時に、上りのエスカレーターがゆるやかに停止した。しかし、下りは今なお、静かな波のように動き続けている。

伊藤くんB

1

国語の採点をしていたら、足元に何か落ちていることに気付いた。野瀬修子《のせしゅうこ》は椅子を引き、受付カウンターの下に転がっていた紙くずをつまみ上げる。かさこそと広げると、青山にあるカルチャースクールの講座案内だった。一週間でバリスタになろう、とか一週間でメンタルから自分を変えよう、とか極めてうさんくさい言葉が並ぶ。そんな短期間で違う誰かになれたら、苦労はない。鼻でふんと笑いながらも、何故か丁寧に畳んでしまい、そのままカーディガンのポケットにしまった。

「ねえ、来月の十二月十二日って空いてる？」

男のものにしては甲高い声がして、修子は顔を上げ受付周辺を見回した。今の言葉が自分に向けられたものだと気付き、怪訝な思いで声の主を見上げる。相手はまったく話したこともないバイトの講師だ。妙に整った女みたいな顔になんとなく見覚えがある。

「私？」

膝を覆っている毛玉だらけのブランケットをひっぱり、蝶番《ちょうつがい》をセロテープで補強している眼鏡をずり上げた。今月入ったばかりの臨時受付スタッフの自分に、何故こうも馴れ馴れしいのだろう。もともと異性と話すのは得意な方ではない。グレープ味のグミの袋をパソコンの横にこそっと隠す。就業中の飲食は禁止だったが、甘くて柔らかいものでも口にしていないと、この単調に過ぎていく時間に到底耐えられそうにない。

「駄目だなあ。ボーッとしちゃって。そんなんじゃまたクビになっちゃうぞ」

唐突に人差し指で額をつつかれ、びっくりして身を引いた。バイトを三回クビになりこの商店街の片隅にある学習塾に流れ着いたくだりをここでは誰にも話していない。ネームバッジを見て、彼が伊藤誠二郎《せいじろう》という名であることを思い出す。確か国語の受け持ちだ。

「ま、おふざけはこのくらいにして。チケットがあるんだけど、来月一緒に行かない？」

上等なスーツのポケットから取り出された二枚綴りのチケットを一目見て、修子は小さく叫び声をあげた。口に手を当てて後ろを振り返ると、講師用スペースの一番奥に座る塾長と目が合った。髪をぴっちりと七三になでつけた四十代半ばの小太りの塾長に、修子は叱られてばかりいる。

「すごい、これすごく欲しかったの……」

修子が以前から好きと公言しているテクノバンドだ。数年前に解散し、こんな風にほんの時たま前触れもなく再結成する。ルームメイトで美大時代からの親友、マッキーもファンだが、お互いに金欠で前売りに手が出なかった。ネットで見たところすでに三万円まで高騰している。

「昨日偶然、ヤフオクで見つけてさ。野瀬さんが好きだって言ってたの、思い出してさ」

そんなことを話したはずがないのに。伊藤はにこにこしている。

「二枚とれたから、一緒に行こうよ、ね、ね。俺このバンド全然詳しくないんだもん。色々教えてよ」

この男、何をたくらんでいるのだろう。

チビで近眼、二十七歳にはとても見えない童顔の自分に下心を抱くはずはないだろうが、ろくに興味もないライブに合計で六万円も支払うなんて絶対に裏がある。不信感でいっぱいではあるものの、連れを無視して音楽に集中できるだけの図太さは持ち合わせている。修子は心を決めた。

「わかった。どうもありがとう。あの、お金は……」

「お金はいいよ。プレゼントだから」

「いいよ、分割で返す。五千円で六回払いでいいかな？」

携帯電話を使う時もハラハラするほど、財政は逼迫《ひっぱく》していた。

「本当にいいよ。金は気にしないでいいからさあ。ね？　俺、忘れっぽいから、二枚とも野瀬さんに預けるよ。よろしく頼む」

やめておけ、と心のどこかで声がしたが、チケットから手が離れない。見ればなんとA席の前から三列目。もう自然と口が動いてしまう。

「お言葉に甘えようかな。どうもありがとう。それじゃあ、当日ね」

伊藤はとがめるような顔で、ぐいっと覗き込んできた。

「えっ、それだけ？　メールアドレスを教えてよ。会場の待ち合わせ場所とか時間とか、色々連絡し合えた方がいいじゃない」

仕方なく手近にあったポストイットを一枚剝がし、しぶしぶとペンを走らせた。伊藤はその様子をじっと見守っている。視線で手の甲が焼けそうだ。熱い息が前髪にかかり、思わず乱暴に払った。

「やだー、のせっち、メアド交換なんかしてる」

サボリから帰ってきた瑞穂《みずほ》ちゃんがからかうような声をあげた。四歳年下のギャルだがここでは先輩だ。伊藤は白い歯を見せてニカッと微笑むと、スキップするような足取りで去っていった。

彼の姿が見えなくなるなり、瑞穂ちゃんに素早く耳打ちした。

「あの人、誰？　バンドのチケットもらっちゃったんだけど。大丈夫かなあ？」

「さあねえ。王子のやることはよくわかんないよ。あ、あいつは王子ね。ここじゃ、みんな陰でそう呼んでんの」

瑞穂ちゃんはどしんと椅子に腰を下ろした。

「王子、ちょっとフシギ系だから、あんまし相手にしない方がいいよ」

「ふうん、王子、ねえ」

妙に納得して再び採点に取り掛かろうとした瞬間、スワロフスキーの施された長い爪を見つめていた瑞穂ちゃんが「あっ」と声をあげた。

「あれじゃん、先週の歓迎会。のせっち、王子と超しゃべってたじゃん」

「えっ？　それ、全然覚えてないや」

五年生の漢字テストの答え合わせをしつつ、修子は記憶を辿る。あの夜は例によって飲み過ぎたのだ。昔から大勢の賑やかな飲み会が大の苦手で、誰よりも先に酔っ払い、思考を停止するように心がけている。

「げー、まじで？　何も覚えてないの？　ほら、王子とさあ、色んな話してたよ。マニアっぽい映画とか音楽とかさあ。あたし、てっきり二人はこのまま消えちゃうのかなって思ったもん。王子からラブ光線ビシビシ出てたし。のせっち、意外にモテんじゃーん」

「勘弁してよ！」

大げさに目を剝いてしまう。「ラブ」とか「モテ」という言葉を聞くだけで背中が痒《かゆ》くなる。これまで異性と交際した経験もないではないが、友達の延長のような付き合いだった。できるだけ女扱いされたくない。ましてや興味もない男に甘ったるい視線を向けられるだなんて、もっとも苦手とする類いのことだ。

「あんまし邪険にしない方がいいよ。王子、ここの塾長の甥っ子だもん」

「げっ、そうなの？」

でっぷりした塾長となよやかな伊藤の姿は少しも重ならない。

「そうだよ。だから王子って遅刻してもなんも言われないじゃん。千葉から通ってるんだから、仕方ないって。教え方が下手で代々木の本校をクビになりそうだったのを、塾長が引き受けたんだよ。実の息子みたいに可愛がってるの。千葉の大地主の一族らしいよ。ま、せいぜい愛想よくしときなよ」

修子は、めんどくせ、と小さくうめくと、グミの袋を瑞穂ちゃんに差し出し、自分も一つつまむ。通り過ぎた塾長がこちらを一瞥《いちべつ》し、聞こえよがしのため息をついた。

その日も六時きっかりにタイムカードを押すと、修子は戸越銀座商店街を突っ切って駅を目指す。節約を心がけているものの、駅前の豆腐屋さんで温かい豆乳を一杯飲む贅沢は許していた。

いつものように店先のベンチに腰かけ、とろりとほの甘い液体をすすった。一杯五十円。スターバックスでソイラテを買うと思えば安いものだ。そういえば、スターバックスにもうずっと行っていない。以前はソイラテと口の天井をすりむくほど硬いスコーンの組み合わせに平気で千円近く使っていたことを考えると、あの日々がいっそう遠くに思えてきた。

朝と夜は自炊、塾でのお昼はタッパーに詰めた白米を持参する。商店街で二百円以内でおかずを買うのがささやかな楽しみだった。百円ショップで缶詰と魚肉ソーセージを買うこともあるし、肉屋でコロッケとコールスローにする日もある。一カ月の収入は現在研修中につき八万五千円、家賃は折半で四万円。貯金の残高は三十万円を切っている。いくら切り詰めても切り詰め過ぎるということがない。

恥ずかしくなるくらい古びた二つ折りの携帯を取り出すと、メールが一件届いていた。見たことのないアドレスに首を傾げていたが、タイトルを見て伊藤のものだとわかった。動く絵文字がやたらと多く、だらだらと長文で、誘いを受けたことがすでに悔やまれてきた。ちゃんと収入さえあれば人のお情けにすがらなくていいのに。

早く学芸員に復帰しなくては――。

約一年前、新卒で三年半働いた品川の美術館がつぶれた。五十代の元俳優がレストラン経営の傍ら、税金対策と絵画収集の趣味を兼ねて始めたところで、展示物に一貫した好みがなく来場者も少なかった。それでも、この就職氷河期に都内で仕事にありつけただけで夢のようだった。人間関係は良好でやりがいもあったし、憧れのアーティストとやりとりをする機会にも恵まれた時は有頂天だった。ところが、オーナーの事業が傾くと同時にあっさりと、閉館を余儀なくされた。

次の仕事が見つかるまでのつなぎだと思い様々なアルバイトを始めたものの、本屋もカフェもすぐにクビになる。

――修ちゃんさあ、今の仕事は仮の姿だって思い過ぎてるんだよ。だからうわの空なんだよ。どんな仕事でも本気で取り組めば、道はおのずと開けるのにさ。

マッキーにびしばしと指摘されるたび、腹が立つものの言い返せない。彼女は昨年有名スタイリストのアシスタントを卒業し、独り立ちを果たしている。貧乏なのは同じだが、安い古着やファストファッションを工夫して着こなし、お弁当持参で朝から晩まで元気に働く彼女から、みじめったらしさは少しも感じられない。なんとかせねば、と思うものの転職活動は難航していた。新卒の頃よりさらに求人が減っている。ごくたまに面接にこぎつけても、結果は芳しくない。理由はわかっている。どうしても自分を取り繕うことができない。怠惰な暮らし、負け続けた恨みつらみが滲み出て、面接官をうんざりさせてしまうのだ。

仮の姿――。確かに修子は、あの塾が自分の居場所だとは到底思えない。思えるわけがない。薄笑いを浮かべた何を考えているかよくわからない子供たち、責任を丸投げして当たり散らすチャンスを虎視眈々とうかがっているような保護者、真っ白い薄いパネルにきちきちと区切られた狭い教室、教え導くよりもノルマを達成することで頭がいっぱいの塾長、そして、アルバイトの講師たち。自分同様今の仕事は仮のものだと考えている者は多いはずだが、それにしてはやけに和気藹々《あいあい》と楽しそうだ。現状に満足そうな連中を前にすると苛立ちが募り、話が合う相手は見つからなかった。

乗り換えが上手くいったので三十分ほどで武蔵小山に辿り着いた。駅前から延びるアーケードの中ほど、一階が整体、二階がネイルサロンの小さなビルの最上階が、二人で暮らしている2LDKだ。マッキーが同棲相手と破局した直後に、修子が転がり込んでそろそろ二年になる。外階段をかんかんと上っていく。テレビの音がするなあ、と思ったら玄関にマッキーのごついブーツが置いてあった。

「あ、帰ってたんだ」

コンバースを足で踏んづけて脱ぎ捨てる。テレビの前にマッキーがぺたりと座り込み煙草片手に缶チューハイをすすっていた。どうやらDVDでテレビドラマを見ているらしい。

「修ちゃん。そのコート、何年着てんだよー。みのむしみたいじゃん」

なんの悪気もなくこちらを指さし、親友はゲラゲラ笑った。コートを椅子にひっかけながら修子は唇をとがらせる。

「仕方ないじゃん。今バイト生活だもん。服にかけるお金なんてないもん」

ドラマを背中で聞きながら、修子は流しでうがいをした。マッキーの声が水の勢いを押しのけるようにして聞こえてきた。

「ZARAとかユニクロとかで、安くてそこそこ可愛い暖かいのいくらでも売ってるじゃん」

こんな風に彼女は常にハイテンションでぺらぺらしゃべり続けてくれるので、ある意味、無口な聞き上手といるよりずっと楽なのだ。

「そんな安物は嫌。どうせなら、長く使える高いやつがいいんだもん」

咄嗟にそう口にしたものの、本当は品質なんてわからないし、長く使えるかなどどうでもよかった。マッキーのようにセンスがいいわけでも容姿が優れているわけでもない。ファストファッションをさらりと身に着けて格好がつくのであれば、もっと早くからそうしている。

「じゃあ、今度買いに行こうよ。長く使えるいいコート！　私が選んであげる」

「いい。お金ないんだもん。仕事決まるまでは贅沢できないよ」

マッキーは何か言おうとして、口をつぐんだ。ほんのかすかにピリッとした空気を感じ取り、修子はすぐに話を換える。

「ねえ、さっきからなに見てるの？」

「このドラマ、知らない？　『東京ドールハウス』っていうの。五、六年前に放送していて、すっごい視聴率良かったじゃない。ほら、矢崎莉桜とかっていう脚本家の」

「テレビあんまり見ないから……」

「このドラマ、ノリコさんが衣装を担当してるんだ」

ノリコさんとはマッキーが目標としている四十代のベテランスタイリストだ。

彼女の隣に座り、画面を追いかけるうちに、すぐにストーリーは呑み込めた。ひょんなことから婚約者に逃げられ、仕事もクビになった平凡なヒロインが個性豊かな三人の女と暮らすうちに自分を見つめ直し、夢も友情も恋も手にするというあきれるくらい単純なご都合主義のストーリーだった。なんで金がないはずのヒロインがルームシェアとはいえ、コンクリート打ちっぱなしの広々としたロフトに住めるのか、どうして部屋の真ん中にビリヤード台があるのか、毎晩のように青山のショットバーで一杯飲めるのか、修子には不思議でならない。

「このドラマ、ノリコさんの独立後の初仕事なんだって。勉強のために見ようと思って。すっごいんだよ。それぞれのキャラに合った持ち物や洋服なの。ノリコさん、脚本をしっかり読み込んでイメージを膨らませてるの。彼女のスタイリングって業界でも評判で、女優さんから指名されることもあるんだよ。いいよねえ。いつかはこんな風になりたいなあ」

うっとりとした目つきが、何故だか少しだけ気に障った。いつだって「好き」を口にする勇気のあるマッキー。学生の頃から、悪趣味なキーホルダーもちょっと気恥ずかしくなるくらいメジャーなハリウッド映画も、商店街の日用品店で見つけたヒョウ柄のニットも、愛することにためらいがなかった。最初はからかっていた周囲も、マッキーのさっそうとした様子に惹きつけられ、やがては小さな流行が形成されていく。そんな自意識の低さは恋愛にも表れていて、いつも絶対に手の届かない年上の男ばかり追いかけている。現在片思いしている相手は五十代の独身カメラマンらしい。修子はじわじわと嫌みが湧き上がるのを感じて、缶チューハイで流し込もうとする。

「フリーター女が、こんな高そうな店で飲めるわけないじゃん。パジャマパーティーなのにメイクもばっちりでへんなのお。ほら、お菓子もさあ、ソニプラで売ってるようなやつばっかりじゃん。あのグミねえ、五百円くらいするんだよ」

「うるさいなあ。いいじゃん。雑誌でもドラマでもねえ、女子がおうちでくつろぐシーンは外国のお菓子って決まってるの！　そんくらい見逃してよお」

「じゃあさ、じゃあさ、このヒロインが持ってるあのバッグは？　なんか今すっごい人気のブランドなんでしょ。ええと、ハリウッドセレブご愛用の……」

「きっとヒロインがお金ためて奮発して買ったバッグなんだよ。憧れのバッグを背伸びして買っちゃう、そういうひたむきなキャラ設定なんだよ。そこまで計算した上でのスタイリングなんだよ。さすがノリコさん」

胸を張るマッキーを尻目に、場面が切り替わって、ヒロインはまた違う種類の高級バッグを持っている。ほら、というように修子は肩をすくめてみせた。

「いくらお話とはいえ、こんなに嘘ばっかりついているとバチあたると思うよ。うちの塾もさあ、東大進学率№1とかうたってるけど、あれ大嘘なんだよ。チケット制だから当日キャンセルで振り替え可能とか空き時間にちょっとだけ個人指導してもらえるとか融通が利くから、大手の塾と掛け持ちしている子が多いの。そういう子が東大受かると、しれっと自分のとこの手柄にするんだよ」

受付には子供を塾に入れるべきか迷っている親も相談にやってくる。彼らに口当たりのいい言葉を吹き込み、入会に持ち込むのも業務の一環だった。たいして仕事熱心でもないのにマニュアル通りにしゃべってすんなりとサインをもらう瑞穂ちゃんと違い、修子はいつまで経っても契約一つとれなかった。

「いいじゃん。魅力的な嘘なら嘘でも」

「うわ、開き直った。やだなあ。大人って汚い」

「なんだよお。学生の頃は一緒に雑誌読んだり、『セックス・アンド・ザ・シティ』を見て、あれ欲しいとか、あれ食べたいとか言ってたじゃん。いつの間にそんなお坊さんみたいなストイック過ぎる性格になっちゃったんだよお」

「だって、金ないんだもん。仕事もないんだもん」

「金ないのは私だって一緒だよ。だからこそ、工夫してちょっとでも可愛くしたり、いつかはあれ欲しいっていう欲をなくしちゃいけないんじゃないの。このチューハイだってシャンパンだと思えばシャンパンだし、ジルコニアだってダイヤモンドだと思えばダイヤモンド……」

　二つ目の缶チューハイのプルトップをあけごくごくと飲み干す。酔いが回ってきたせいか、なんだか議論が面倒になってきて、二人はしばらく黙り込んだ。

「ねえ、マッキー。私って、酒乱なのかなあ。話したことも覚えてないなんてさ」

と、ついつい漏らしてしまった。マッキーは赤い髪をクリップでまとめながら、面白そうに問う。

「またなんか失敗したの？」

　仕方なく伊藤とのやりとりを打ち明ける。ライブのチケットを見せるなり、彼女はキャッと叫んだ。

「うわあ。このチケット、すごく高くなってるやつじゃん。その伊藤君とやら、修ちゃんに相当入れ上げてるんじゃない？　いいなあ。これ、私も行きたいよ」

　ここまで来ると、もう後には引けない。本音を言えば、そのテクノバンドにそれほど思い入れがあるわけでもないのだ。CDは一枚しか持っていないし、YouTubeの視聴で十分だった。ライブ会場という場所に行ったことはほとんどないが人でごった返していて、大層疲れるということは知っている。通好みの音楽を好き、と言いたかっただけなのに、伊藤の前のめりのせいで、なんだか後に引けなくなっている。

「ねえ、伊藤君ってどんな子？　イケメン？」

「まあ、イケメンなんじゃゃん。王子とか呼ばれてるし。あと、金持ちみたい」

「え、いいじゃん。商店街の塾にそんなメンズがいるなんてね。付き合っちゃいなよお」

まるで女子高生のように身を弾ませるマッキーを、忌々《いまいま》しく睨んだ。

「絶対ない。そういうの面倒くさい。あの人、なんか苦手なんだもん」

やはりチケットを返さねば。修子はごくごくと喉を鳴らしてチューハイを飲み干すと、缶をぺこっとへこませ、立ち上がる。今晩は修子が夕食当番だった。冷蔵庫に葱とナスがあったはず。肉も魚もないから、あれを味噌で甘辛く炒めて、ボリュームを出さねば。忙しく頭の中で献立を組み立てていると、マッキーがテレビドラマの音量を上げた。画面の中では、女の子たちがピザを食べながら、恋愛談義に花を咲かせている。やっていることは自分たちと違わないのに、たっぷりとした余裕が感じられる。ピザには海老だのイカだの高級食材がこんもりと盛り上がっていた。グロスとピザの油でてらてら濡れた女優たちの唇は、すべてを食い尽くしそうなほど貪婪《どんらん》に見えた。

2

受付カウンターに腰を下ろすなり、大きな白い箱が置いてあるのに気付いた。不思議に思いながら蓋を取ると、大好きなゼリー菓子「彩果の宝石」がぎっしりと詰まっていて、目を見張った。

一体、誰が——。

「うわ、綺麗だね。一個もらっていい？」

いつの間にか瑞穂ちゃんが隣にいてすでに手を伸ばしている。少し迷ったが、

「うーん。いいんじゃないかな。いいよね」

と、言い聞かせるようにつぶやいて、自分も赤いゼリーをつまみ、包装を破って口に放り込んだ。苺《いちご》の濃厚な味と香り、ペクチンのもっちりした食感にしばし恍惚《こうこつ》となった。

「グミの王様は彩果の宝石だもんね。グミ好きなら当然好きでしょ？　俺、手土産番長って呼ばれてて、その人が何欲しいかわかっちゃうんだよね～」

甲高い声にぎくりとして振り向くと、伊藤が満面の笑みで立っていて、もう少しでゼ

リーが喉に詰まりそうになった。例の飲み会で好物まで話したのだろうか。

結局、チケットを返せないまま五日が過ぎている。ライブはもう来週に迫っていた。彼の態度は日を追うごとに馴れ馴れしくなるし、一日に何回も来るメールはどんどん長文になっている。

なんとかせねばと思うものの、妙な気迫に押されついつい言葉を呑み込んでばかりいた。

「デパ地下で見かけてさ、修子のこと思い出したんだっ」

伊藤は弾みをつけて言い、受付カウンターに手をつき、追い詰めるようにこちらを見た。いつの間にか「野瀬さん」が「修子」に変わっていて、心底ぞっとした。

「ねえ、今日は一緒に帰らない？　ほら、最近全然しゃべれてないしさ」

「ごめん」

意を決して毅然と突っぱねたつもりなのに、

「六時にあがりだよね。俺もその頃には終わるから、じゃあ」

ひらひらと手を振りながら、伊藤は自習室へと消えていった。その軽やかな足取りはほとんどスキップと呼んでも差し支えのないものだ。

「ウワー。相当キてんね」

瑞穂ちゃんは薄気味悪そうに眉をひそめつつ、素早くゼリーを鷲づかみにした。

「六時より早くあがんなよ。あたし、後からタイムカード押しといてあげる」

「ありがとうっ」

「つかまらないようにね。マジでああいうタイプはストーカーになりやすいから、気を持たせるようなことしちゃだめだよ」

ストーカー――。胃に重たい固まりが落ちたのを感じた。

「ねえねえ、これ超うまそう。もらっていい？　野瀬さーん！　いいよね？」

気付けば、中学二年生の大森玲奈《おおもりれいな》ちゃんがつま先立ちになって「彩果の宝石」の箱を覗き込んでいる。黙らせるために三、四粒を手の中にねじ込むと、修子は箱とバッグを抱えて一目散に塾を後にした。

電車に飛び乗っても鼓動は収まらない。帰宅し、うがいと手洗いを済ませ、居間にごろりと寝そべる。訳もなく足をばたつかせ、大声で叫びたくなった。他人にペースを乱されるのが何より苦手だ。自分の時間や領域を侵略されることに至っては、ほとんど殺意を覚えるといってもいい。

小田原の実家を出たのもそのためだ。過干渉気味の母と姉から離れたおかげで、ようやく人並みになれたと思っている。もともと怠け者ですぐに他人に甘えてしまうから、楽な環境には自分を置かないよう、マイペースに見えて細心の注意を払っているつもりだ。とにかく、こうしてはいられない、と勢いよく身を起こす。昨日買ったばかりの履歴書を取り出し、ペンを取った。登録している就活サイトから、川崎にあるスーパーマーケットが展示スペースで働くスタッフを募集している、とメールが届いていたのだ。のめり込むようにして夢中でペンを走らせていたせいで、マッキーがいつの間にか帰ってきたことにまったく気付かなかった。いい子ぶった志望動機を読まれるのがどうにも照れくさく、修子は慌てて履歴書を丸める。マッキーはジャケットを脱ぎながら、目を丸くしている。

「えー、なにそれ、せっかく書いたのに、捨てちゃうの？」

「いいの。いいの。どうせスーパーの中にある、ただの展示スペースだもん。学芸員募集とか書いてあるけど、どうせさあ、子供の似顔絵コンテストだの工作だのを飾って、ガキの面倒見させられるだけなんだよ」

早口で言い訳し、履歴書をゴミ箱に放り込むと、胸がせいせいするのがわかった。マッキーは何か言おうとしたがやめ、おもむろに荷造りを始めた。

マッキーは明日からハワイに行くのだという。売り出し中のグラビアアイドルの写真集の仕事らしい。例の片思い相手のカメラマンも一緒らしく張り切っている。ビキニやサングラスなどをトランクに放り込み、自分の部屋と居間を行ったり来たりする彼女を、修子はブランケットをかぶって「彩果の宝石」をつまみ、むちむちと噛み締めながら眺めていた。賞味期限はずっと先だが日付が変わる前に食べ切ってしまいたかった。

「ねえ、なんか電話！」

冷蔵庫を覗き込んでいるマッキーが怒鳴った。折り畳みテーブルの上の携帯電話をのろのろと引き寄せる。ディスプレーに表示されているのは知らない番号だ。出るべきか、としばらく悩んだが、先月履歴書を送った用賀の美術館からかもしれない、と思い至り、慌てて通話ボタンを押した。

「あ、俺！　伊藤だけど。今いいかな？」

耳障りな声に、本気で携帯電話を放り投げたくなった。

「どうして番号……」

「塾長に聞いたんだ。緊急連絡事項があるから教えて欲しいって嘘ついちゃった」

マッキーが手を止めてこちらを見ているのに気付いた。口パクで「い、と、う」と告げると、うげえ、と顔をしかめられた。彼の行動を逐一報告しているおかげで、彼に対する認識を共有できるようになっていた。

「ねえ、なんで今日先に帰っちゃったの？　六時に約束したよね」

とがめるような口調にげんなりした。修子がいつまでも黙っていると、

「もしかして、おじさん……いや、塾長に聞いたの？　あのこと。まいったな。あの人、おしゃべりなんだもん」

彼はぶつぶつ言って、勝手に納得している。

「あのこと？　何？」

「俺が、その……時々ある女の子と会っていること。そうか。それを知って怒って帰っちゃったんだ。そりゃ、そうだね。ごめん。この通りだ」

意味がわからず、ラスト一個となったゼリーに手を伸ばし包装を噛み切る。

「でも、正式な彼女っていうわけじゃないし、ほんとに時々会ってるだけだから」

へえ、こんな性格でも恋人がいるなんて。物好きもいるものだ、と修子は砂糖のついた指を舐めた。

「ほんと、そういうんじゃないよ。そりゃ、彼女は悪い子じゃない。真面目だし仕事も頑張ってるし、美人だとも思うよ。俺のこと一番に考えてくれるしさ。でも、一緒にいると息が詰まりそうになる。おじさんと飲んでる時に何度か相談したんだ。あの子って俺のことを勝手に理想化してるんだよなあ。そういうの、本当に疲れるよ……」

その言葉、そのままお前にお返しするぜ、ともう少しのところで叫びそうになる。彼

は急にしみじみとした口調になった。

「俺は、やっぱり修子ちゃんみたいに、自然体で生きてる人が好きなんだよな。人の目なんて気にしないでひょうひょうとしていて、見ているだけで気持ちがなごむんだ」

これは告白というものなのか。少しも嬉しくないのは何故だろう。遠回しに莫迦にされている気がする。俺が優位に立てる女だから合格。そんな風に聞こえる。

「傷つけてごめん……。謝るよ。頼むから落ち着いて」

こちらが何も言っていないのに、伊藤はハア、と深いため息をついた。だめだ。この人、日本語が通じない。修子はうんざりして口を開いた。

「そんなに嫌ならさあ、もう、その女の子と会わなきゃいいじゃない。別れなよ。酒の肴にして楽しんでいる暇があるんならさ。その子に失礼だと思わないの？」

もう電話を早く切りたくてたまらない。マッキーは荷造りを中断し、修子の隣にぴたりと寄り添っている。

「じゃあ、俺がその子と会わないって約束したら、修子ちゃん、その、俺と付き合ってくれるわけ？」

すねたような口調に唖然とし、大きく深呼吸すると一息に言い放つ。

「ごめん。せっかくチケットとってくれて悪いけど、返すから」

「え？　なにそれ。どういう意味」

「一緒に行きたくないって意味」

修子がそれきり口を閉ざしたので、伊藤はたちまち声を震わせた。

「散々気を持たせといて、それどうなの？　俺が嫌いならはっきり言えばいいじゃん」

「嫌いだよ。こうやって電話されることすら迷惑」

間を置かずに言うと、電話の向こうで息を呑む気配がした。

「はあ？　なにそれ」

なんと、伊藤は泣いているみたいだ。はなをすする音が大きくした。

「君、自分のことどれほどのもんだと思っているわけ？　だいたい俺、好きだなんて一言も言ってないじゃない」

うわあああああ——。修子の胃は早くもキリキリし始めた。

「どうして今日、お菓子を持ち帰ったんだよ。嫌いなら受け取らないだろ、普通」

痛いところを突かれ一瞬ひるむものの、修子はふん、と鼻を鳴らす。

「そりゃ持ち帰ったけど、私が食べたわけじゃないもの。ルームメイトにあげたの」

「えっ。ルームメイトって、もしかして男？　ったく、なんだよお。それ」

「あんただって彼女いるんでしょ！　あー、うるさい。もう切る！」

通話終了ボタンを押すと電源を落とし、乱暴に放り投げる。頭をかきむしり、足をばたばたさせた。上手くあしらえない自分に一番腹が立つ。異性に好意を寄せられることにもう少し免疫があれば、伊藤ごときに煩《わずら》わされることなどないだろうに。マッキーはトランクの上で細い腰を弾ませながら、心配そうにこちらの様子をうかがっていた。

「大丈夫？　私が留守の間、危険じゃない？　ねえ、しばらく実家に帰ったら？　一人でここに居る時に、そいつが襲撃してきたら超やばいじゃん」

「平気。住所まではわかんないよ」

「そんなもん、面接で使った履歴書見りゃあ一発じゃん。塾長の甥っ子なんでしょ」

ぞくっとして、塾長の席にある個人情報のファイルの場所を思い出そうとする。生徒の住所一覧とともに、確かバイトの履歴書も挟んであるはず――。

「悪いこといわないから、お母さんとこに行きなさいって。小田原からなら、塾通うのも無理じゃないでしょ」

実家には帰りたくない。家族と仲が悪いわけではないけれど、戻ったら最後、取り返しがつかないほどだらけてしまう気がする。息を吐いたら、甘いゼリーの香りがした。

3

バイト帰りに豆腐屋さんのベンチで豆乳をすすっていると、

「何飲んでるの？」

と、声がした。顔を上げると制服姿の大森玲奈ちゃんが笑っている。

「戸越のソイラテでーす」

「うそー、ただの豆乳じゃん」

彼女は断りもなく隣に腰を下ろした。そういえば、塾の外で生徒と言葉を交わしてはいけないのだっけ。短いスカートから伸びるむっちりした太ももに目を奪われていると、玲奈ちゃんはいきなり尋ねてきた。

「ねえねえ、伊藤先生のメアドって知ってる？」

鼻から豆乳が出そうになる。まさか昨夜の電話のやりとりが漏れているのか。

「な、なんで？」

「えー、だって、野瀬さん、伊藤先生としょっちゅうしゃべってるじゃん。デキてんの？　って噂されてるよ。メアドくらい知ってるかなって」

平穏だった頃が心底懐かしい、と修子はつくづく思った。どうして世の女性誌はモテよう、モテようと騒ぐのだろう。異性に期待されず、強い視線も浴びず、性を意識せずに漂うように生きることのすばらしさを何故説かない？

「お見舞いメール送りたいんだ。知ってるんなら教えてよ」

伊藤は今日、塾を休んでいる。ちょっと口論になったくらいで——。改めて彼のモヤシぶりにあきれるものの、ちょっぴり良心がとがめてもいた。修子はもともと気が強い方ではない。甘やかされた末っ子気質のせいで喧嘩慣れしていない。

「いや、本当に知らないの。ごめんね。デキてる、とか完全にデマだから」

「なんだ、ふーん。良かった。なら、私、頑張っちゃおうかな」

玲奈ちゃんはアイドルのように口角をキュッと上げて、瞳をくるくるさせている。

「私、伊藤先生にコクろうかな、って思ってるんだー」

「ええぇー！　まじで？」

豆腐屋のご主人の視線を気にして声のトーンを落とし、修子は改めて玲奈ちゃんを観察した。顔立ちは子供っぽいが、中学二年生とは思えないほど均整のとれた体つきをしている。少なくとも修子よりよほどグラマーだ。

「ねえ、伊藤先生のどういうとこがいいの？　私はさっぱりわからんよ」

「えー？　超イケメンじゃん！　それに草食っぽくて、可愛いって感じ。だってさあ、周りの子なんてみんなガキじゃん。ガキがガキ相手に恋愛ごっこしてる感じでさあ。あんなやつらに、差をつけたいじゃん」

玲奈ちゃんは別人のように口の端を曲げて薄く笑っている。本音はそこか、と修子は曖昧《あいまい》に目を細めてうなずく。中学生なんて親のお金で生きるしかなく、行く場所も買うものも限られている。他者と差別化を図ろうとすればどうしたって、趣味や好みでアピールするしかなくなる。きっと、伊藤君も自分も似たようなものだ。金もなく力もないから、主張や言い回しや皮肉で、特別感をアピールするしかなくなる。それがどんなにみっともないことか知っていても、まだ人生の本番が始まっていないのだからどうしようもない。急にむなしくなって、冷めかけた豆乳を飲み干した。そういえば、最後に誰かを好きになったのはいつだっただろう。

「いいんじゃね？　うん。私はいいと思うよ。応援するする」

ほんのちょっぴり打算が働いてもいた。伊藤の興味が玲奈ちゃんに移れば、この負のスパイラルから解放されるかもしれない。あくまで希望的観測ではあるが、伊藤は大人の自立した女が苦手なのではないか。ロリコンとまでは言わないが、未熟な女でないと向かっていけない気がする。あれだけ整った顔立ちなのにまったく色気がないのが何よりの証拠だ。大人になりきれないハンパなフリーターだから、自分なんかに近づいたんだろう。

「まじでっ。超嬉しいんですけどっ。先生、伊藤先生んちがどこにあるか知ってる？」

「うーんと、千葉とか言ってたかな？」

「住所とかわかる？　おうち、見に行きたいなあ」

「塾長の隠しているファイル見れば……。あ、だめだめ、そんなのストーカーじゃん」

玲奈ちゃんは、元気よく足をぶらつかせた。通りかかった中年男がちらりと彼女の下半身に目をやったので、修子は慌てて、パンツ見えるぞ、とひかえめに注意した。

4

「タモリの弔辞出てた文藝春秋見つけたんだ。読むだろ？」

陽気なキンキン声とともに分厚い雑誌を突き出され、修子は後退りした。保護者用のプリントを二十部複写していたところで、コピー機から漏れる白い光が伊藤を下から照らし出した。

「タモリ、好きだよね」

会うのは六日ぶりだった。あの日から伊藤がずっと休み続けたせいで、塾長はシフトを組み直していたし、講師たちに相当迷惑がかかったようだった。

「この間はごめんね」

逃げるのを阻止するように、伊藤は横に一歩踏み出した。

「俺、ちょっと先走り過ぎたんだよ。野瀬さんの気持ちも考えずにごめんね」

信じていいものか一瞬迷うが、彼があまりにも必死なので、つい言ってしまう。

「私こそごめん。言い過ぎたかも」

「良かった！」

驚くほどの素早さで、伊藤は目を細め白い歯を見せた。

「じゃあ、普通に友達として始めてもらえないかな？　この間のことは水に流すよ。俺、もう気にしてないからさあ」

心のどこかがカチンとするのを意識しつつ、修子は仕方なしにうなずく。

「だからさ、明日はよろしく。野瀬さん、ちょうど休みだよね。ねえ、絶対に遅れないでよね。七時過ぎに渋谷公会堂前ドトールで。何かあったらメールしてね」

明日、と言われて、はっと気付く。結局チケットを返せないままライブ前日になってしまったのだ。やられた……。伊藤は文藝春秋を押し付け、片手でポンと修子の肩を叩き、さっそうと去っていった。ぴんと伸びた背筋や丁寧にセットされた髪を見送り、修子はどっと疲れが湧くのを感じていた。あのめげなさは見習うべきかもしれない。コピーしたプリントをのろのろまとめ、塾長のデスクへと持っていく。

「野瀬さん、君、これ動かした？」

プリントを受け取るなり、塾長はこちらを見ようともせず持ち出し厳禁のファイルを、中指でとんとんと叩いた。しまった――。先週はマッキーの言葉ですっかり恐ろしくなり、冷静な判断ができなくなっていた。ファイルからこっそり自分の履歴書を抜き取り、武蔵小山の住所を修正液で丁寧に塗りつぶし、実家の住所に書き換えた。元に戻しておいたのに、どうしてばれたのだろうか。

「これは生徒の個人情報が入ってるから、勝手に触るなって、最初に言ったはずだよね」

「すみません。もうしません」

「すぐに謝るくらいならさあ、こういうことしないでよ」

塾長の小鼻がひくひくしている。こうして見ると、どことなく伊藤の面影を感じる。

「君、なんなの。何度言っても覚えないし、いつもうわの空だよね。僕たちの職場を莫迦にしてるの？　いい？　次に何かしたらクビにするからね」

おみおつけの鍋に味噌を溶き入れ、カブのそぼろ煮の汁に片栗粉でトロミをつけた。貧乏人に片栗粉は強い味方だ。餡がかかっているだけで、大抵の煮物が料亭風に仕上がり、ぐっと満腹感も増す。ものぐさな性格ではあるが、料理はもともと苦ではない。

ゆうべハワイから帰国したばかりだから和食を喜んでくれるだろう。リビングの時計を見ると、そろそろ十一時だ。もうすぐ渋谷から帰ってくるマッキーに、改めて感謝の念が湧いてくる。

今日は久しぶりの丸一日休みで、修子はネットで求人情報を探したり美大時代の恩師や先輩に就職相談のメールを打って過ごした。ライブはもう惜しくない。代わりにマッキーが楽しんでくれればそれが一番だ。何より、勝気な彼女は伊藤をどう打ち負かすのだろう。話を聞くのが今から楽しみでならない。

――げー、まだチケット返せてないのお？

ゆうべ留守中の報告をしたら、日焼けした顔に当惑の色を浮かべられた。お土産のマカダミアナッツチョコに白い歯を立て、マッキーは突然このような提案をした。

――ねえねえ、明日は私が代わりに行ってあげようか？　急に修ちゃんが具合が悪くなったってギリギリにメールしてさ。こうなってくると俄然王子を見てみたいし、なんなら、もう修ちゃんには付きまとうなってガツンとかましといてやるよ！

勇ましく胸を張るマッキーは、知恵とエネルギーと魅力に満ちていた。従って伊藤には苦手なタイプだろう。これはいい作戦に思えた。彼女に言われるままに、伊藤のメールアドレスを教え、後はすべてお任せすることにしたのだ。

ごっごっ、とマッキーの重たいブーツが外階段を上る音がしたので、修子は駆け出し、ドアを勢いよく開けた。

「お帰り。遅かったね！」

いつもの元気はどこへやら、マッキーはくたびれた表情を浮かべている。

「ご飯、作ったんだ。食べるでしょ？」

「あ、いい。済ませてきた」

ブーツを脱ぐと、マッキーは引きずるような足取りで部屋に上がり、手にしていたケーキ箱を折り畳みテーブルに置き、投げ出されたクッションの上にばたんと倒れ込んだ。

「どうしたの？」

心配になって肩を揺さぶると、マッキーはこちらを見上げた。まるで初めて修子という人間を発見したかのように、そのままじまじと見つめ続けた。

「え、何。なんか顔についてる？」

「どうして修ちゃんなんだろう？」

心底不思議そうにつぶやかれ、修子は戸惑ってしまう。仕方なく先にほうじ茶を淹れ、テーブルの上に湯のみを置いた。

「ねえ、ライブはどうだったの？　それで、伊藤には……、ちゃんと言っておいてくれたんでしょうね？」

「ええ？」

マッキーはあきれた声をあげ、突然苛々したように眉をひそめた。

「なにそれ。なんでもかんでも私に頼るのやめてよ。昨日帰国したばかりで、こっちだってクタクタなの。そもそもさあ、修ちゃんが伊藤の誘いをちゃんと突っぱねてればこんなことにはならなかったんじゃん。いい加減、自立しなよ！」

ごくり、と唾を飲み込む。一体何があったのだろう。こんなに厳しいマッキーを見るのは久しぶりだ。ややあって彼女は小さく息を吐いた。

「ごめん……。ちょっと疲れてるみたい……」

そう言って湯のみを引き寄せ、ふうと吹いた。

「今日ね、待ち合わせ場所に着く前に、伊藤からドタキャンのメールが来たの」

「えっ。マジ？」

「代わりに、シマハラトモミっていう女の子を寄越します。髪が長くて背の高い美人です。よろしく……、そんな内容だった。修ちゃんが来ないってわかったら、どうでもよくなっちゃったみたいだね」

シマハラトモミ。髪の長い美人。もしかして――。

「彼女はすぐにわかった。すごく慌てた顔して、必死に走ってきたの。私が自己紹介したら、本当にガッカリした顔して……。それでピンときた。修ちゃんから色々聞いていたからね」

すべてのパズルのピースがぴたりとはまった気がして、修子はもう一度唾を飲む。

「ライブの後、無理やり誘って飲みに行ったの。散々伊藤の悪口言ってやった。だって、ひどいと思ったんだもん。シマハラさんて綺麗なだけじゃなくていい人なんだよ。真面目でアパレルの仕事もすごく頑張っていて。それなのにさ、伊藤なんかのセカンドで可哀想だと思ったんだよ。目を覚まして欲しかったんだよ。だけど……」

マッキーは言葉を切ると、横に置いたバッグを引き寄せ何かを探し始め、しばらくしてあきらめたように向き直った。

「彼女に叱られちゃった。最低だって。私も修ちゃんも。一生懸命誰かを好きになっている人のことを笑ったり莫迦にしたりして、ひどいって」

「だって、だって……。それは！」

私は悪くないよ！　と言おうとして、マッキーの静かな視線に射すくめられた。

「別に修ちゃんが悪いって言ってるんじゃないよ。ただ、私も片思い中だからシマハラさんの気持ちわかるんだ。修ちゃんにはわかんないよね。だって無理なことは絶対にしない人だもんね。いつだって自然体だもんね。振り向かない相手を好きになったり、叶わない目標を掲げたり、無理めな買い物をしてそれにふさわしい自分になろうとか、そういう格好悪いことしない人だもんね。いっつも安全な場所から、かっこいい角度の批判をするのが好きな、そういう人だもんね」

「それ、どういう意味？　私がダメ人間、って言いたいの？」

震える声で問い返す。なんだか頭がガンガン鳴っている。自分は被害者なのに。どうしてここまで糾弾されなければならないんだろう。

「そうじゃないけどさあ。……ねえ、本気で学芸員の仕事を探しているの？　私から見ているとえり好みしているようにしか見えない」

「マッキー、ひどいよ。私とそのシマハラさんのこと、比べてるんでしょ。どうせ私は根無し草ですよ。誰かをちゃんと好きになったこともないし、クビ続きで仕事一つ見つけられないよ！　ねえ、仕事してんのがそんなに偉いの？　詐欺同然じゃん。マッキーの仕事なんて。若い女に高いモン売りつけるだけじゃんか」

何故こんな醜い言い争いを親友としなければならないんだろう。もう誰が憎くて、何を言いたいのかもよくわからない。涙がせり上がってきたので顔を背けた。

「私、当分この部屋出るよ。マッキーはシマハラさんとやらと一緒に暮らせばいいじゃん」

吐く息がどこか悪いのではないかと心配になるほど熱い。マッキーは悲しそうな顔で、「じゃあ、私が出てく。修ちゃん、私の他に友達いないし、今お金がないじゃない。まだトランク開けてないからちょうどいい」

と言うと、自室に戻っていった。彼女が残していったケーキ箱には、一緒に食べるつもりだったのか、いちじくのタルトが二切れ入っていた。食欲はなかったが、ついひとかけ口に入れてしまった。アーモンドの香りのするサブレ生地がほろりと崩れる。

マッキーは荷ほどきの済んでいなかったトランクをそのまま引きずって、部屋を後にした。

一体、何日眠り続けているのか。今が何時でいつなのか、さっぱりわからない。永久にここから出ないで、寝て暮らすことは可能だろうか。どうせ、自分のことなど誰も求めないのだから。マッキーは家を飛び出したきり、連絡を寄越さない。エアコンをつけていないせいで、寒くて仕方がなかった。寝返りを打つことさえおっくうで、枕に顔をつっぷしたまま、修子は息苦しさと闘っていた。このまま窒息死してしまうのではないか。墨のような闇が瞼《まぶた》の裏に張り付いている。やることがないと、人はここまで動かなくなるものなのだ。

6

大喧嘩の翌日、はれぼったい顔で始業ギリギリに塾に駆け込むなり、塾長から口の開いたピンク色の封筒を手渡された。受付の瑞穂ちゃんを見るとそっと目を逸らされた。重たい空気になんとなく予想がついてきて、恐る恐る便箋を取り出した。ラメのペンで書かれた字はくにゃくにゃとのたくっていた。

『伊藤先生へ　いきなりぶっちゃけますけど、玲奈は先生が好きです。つきあってください。この手紙書くのかなり悩んだんだけど、この間、受付の野瀬さんに相談したら、頑張れって言われて勇気が出ました。よければ今度、ディズニーランドにつれてってください。　大森玲奈』

豆腐屋での会話が思い出され、あーっと叫んで頭を抱えたくなる。言い訳しようと塾長を見上げた瞬間、冷たく言い放たれた。

――これが保護者の耳に入ったらどういうことになると思う？　言ったよね。次に何かやったらクビだって。

ライブをすっぽかしたことへの仕返しなのか。どれだけ卑怯な手を使えば気が済むのだろう。ああ、何もかも、みんな伊藤のせい。あいつと縁が切れたことだけが救いだ。

腹が立ったら、いっそう呼吸が苦しくなってきた。とうとう我慢ができなくなって、枕からぷはっと顔を上げる。部屋に閉じ込められていた冷気が体にわっと入ってきたのがわかる。視界にちかちかと青い光が点滅し、やがてカーテンの隙間《すきま》から漏れる西日で染まった部屋が浮かび上がってきた。喉が張り付きそうなほど渇いているので、床に転がっていたペットボトルを取り上げ、変なにおいはしたが、そのまま口をつける。あの日、タルトが食べかけだったことを思い出して、テーブルのケーキ箱を引き寄せた。明らかに腐りかけていて、妙な酸っぱさはあるものの、食べられないことはない。夢中で一切れを胃に入れると、ようやく落ち着いた。エアコンのリモコンを探すが見当たらず、椅子にかけてあったカーディガンを羽織る。何気なくポケットに手を差し込んだら指先に硬い物が当たった。その紙くずを広げてみると、いつか塾で拾った青山のカルチャースクールのパンフレットだった。

『一週間で自分を変える講座スペシャル20』

バリスタ、英会話、タンゴ、茶道、小説……。いずれも、申し込む前に二時間ほどの無料の体験講座が受けられるという。しばらくパンフレットを眺めるうちに、心惹かれている自分が居るのに気付く。何もしないでここに居るよりかはマシかもしれない。ただ見学するだけだ。帰りに渋谷のハローワークに寄ろう。

顔も洗わずに眼鏡をかけ、部屋着にそのままコートとマフラーを身に着け外に出ると、日差しが容赦なく体を貫いた。それだけのことで真人間に戻れた気がして、修子はかなり気が楽になっていた。目黒線、山手線、銀座線を乗り継いで、青山一丁目へと降り立った。

骨董通りの裏手にある総合カルチャースクールは、塗り直したばかりのような白い漆喰壁がまぶしい建物だった。正面のガラス扉を押すと、カウンターの奥で数人が立ち働いている事務所が現れた。

「ええと、体験講座の見学をしたいんですけど……。バリスタの……」

と、そのうちの一人に声をかけていると、背中をぽんと叩かれた。

「野瀬さん？」

甲高いあの声。まさか、と振り向くと、トレンチコート姿の伊藤が生き生きと微笑んでいる。あまりのことに言葉が出ない。もう、この男からは逃げられない運命にあるのかもしれない——。

「うわあ、すっごい偶然だなあ。ドラマみたいだ。もしかして野瀬さんも何か受けるの？」

そうか。塾で拾ったあの紙くずは伊藤の落とし物だったのか。軽い眩暈《めまい》を感じて、修子は壁に手を突いた。彼は何やら用紙に記入している最中のようだ。女性事務員がカウンター越しに、

「受講料の支払い方法はいかがなさいますか？」

と、問いかけてきた。伊藤は修子をちらっと見て、照れた表情を浮かべる。

「すみません……。ちょっとまだ手元にお金がないんで、分割でもよろしいでしょうか？」

ふと彼の用紙を覗いて仰天した。「マインドを変えるセミナー『トータルエモーションズ』」。入会金の欄を見て思わず大声が出た。

「え、二十万？　なにこれ、どんな講座よ。普通の習い事じゃないの？」

事務所中の視線がこちらに集まるが、もはやそんなことに構っていられない。

「別に変な講座じゃないよ。それに、このセミナーにすべてを委ねるつもりはないよ。それじゃあ宗教じゃん。あくまでも人脈を広げたいからで、ここはステップでしかない。俺はそもそもシナリオライターになるのが夢で……」

莫迦じゃなかろうか——。さっきまで自分も講座に惹かれていただけに、恥ずかしく無性に腹が立った。今居る場所からほんの少し足を浮き立たせてくれるものならなんでもよかったのだ。

「こんなもんなんの力にもならないって！　金をドブに捨てるようなもんだって！」

伊藤が口ごもっているので、修子は彼の手首をつかむとガラス扉を押した。女性事務員の怪訝な視線を背中に感じるが、吹き付けてくる北風に負けまいと声を張り上げる。

「こんな講座になんの意味もないよ。単に業界人と知り合って、ホラ話聞いてそれで終わりだって！　そもそも書くことって一人でやるもんでしょうがあ」

目の前の伊藤の顔はシーツのように白くなっている。乾いた唇が動いた。

「一人でやるの……、怖いよ」

彼の鼻のてっぺんと白目が、見る間に赤く染まっていく。

「だけど、自分を変えたいんだよ。このままじゃ嫌なんだよ。なんとかしなきゃいけないのはわかってるけど、一人じゃどうにもならないんだ……。とにかく、今ここじゃない場所に行きたいんだよ……」

振り絞るように言うと、それきり下を向いてしまった。修子は乱れた息を整える。もしかして伊藤と自分は似ているのかもしれない。これほど彼が苦手なのは、近親憎悪のせいなのだろうか。

「気持ちはわかるけどさ……。だからこそ、今あなたの居る場所をおろそかにしちゃ駄目なんじゃないの？　今のあなたを好きでいてくれる人のこととか……」

自分の口から出た言葉に、修子は驚いてしまう。以前、マッキーが同じようなことを言っていたっけ。伊藤はびくびくとこちらの様子をうかがい、媚びるように尋ねた。

「友達になってくれる？」

マフラーをぐるんと巻き直しながら、修子はイエスもノーも言わないよう唇を引き締めた。

「あのさ、立ち話もなんだから、近所のカフェに行かない。ごちそうするよ」

どうして彼の後についていってしまったのか、よくわからない。しかしながら、お腹はすいていたし、体も冷えていた。手持ちの金は数百円。貧乏というのはまずその人の選択の自由を奪うのだ。青山通りのペンシルビルの二階にあるその店はフランス語の名がついていて、ドアを押す前から嫌な予感がしていた。

「この店、お気に入りなんだ。すごくほっとするんだ」

一歩足を踏み入れて、背中が粟立つのがわかった。実家の自分の部屋に酷似しているのだ。ゼロ年代前半にヒットした映画のポスター、色も大きさもばらばらのソファ。翻訳小説の並ぶ棚、ＢＧＭはもちろんボサノバ。客の姿が他にないところを見ると、もはや完全に時代に取り残されているのだろう。ダメ押しのように伊藤が言った。

「いや、このカフェ、俺の部屋と似てるなって思ってさ。すっごく落ち着くんだよね」

薄々勘づいてはいたけれど、同じような青春を送ってきたのだな、とうんざりしながら、仕方なく彼の隣のソファに腰を沈める。カフェラテと卵がとろとろしているタイプのオムライスを注文した。

「実家千葉だっけ。二時間近くかけて、都内に通うとか、すごい根性だよね」

皮肉のつもりで言ったのに、伊藤は目を細めた。

「ありがとう。君と話していると、俺も頑張ろうって気になる。野瀬さんに出会えたことを本当に感謝するよ。君と仲良くなれたのって運命かもしれないね」

心から嬉しそうに微笑まれ、最後のエネルギー一滴まで吸いつくされていく気分だった。もう、どうでもいい。運ばれてきた、いびつなクマの顔が描かれたラテを修子は弱々しくすすする。伊藤をやっつけることはできないのだ。見たいものだけを見て、ご機嫌に生きていける人種なのだから。

「……あんなことになるなんて、本当にごめんね」

返事をするのも鬱陶《うっとう》しく、携帯電話の端末に見入るふりをした。今日は十二月二十三日。クビになってからまだ一週間と少ししか経っていないなんて嘘みたいだった。

「手紙をおじさんに見せたのがいけなかったな。ごめん。俺、あんな手紙もらうの生まれて初めてで、どうしたらいいかわからなくてさ」

携帯電話越しに端整な顔立ちをじろじろと観察してやった。

「そんなもんなの？　あんたの人気って」

妙に素直にこくん、とうなずかれ拍子抜けしてしまう。

「俺のこと好きだなんて言うの、あの子……、シマハラさんくらいだよ」

「ふーん、そうなんだ」

「だから俺、シマハラさんが苦手なんだよ。だって、自分でも自分の良さがわからないのに、あんなに好かれても戸惑うだけだよ」

出た、遠回し自慢！　と舌打ちしそうになったが、彼は本当に途方にくれたように肩を落としている。ほんの少し同情しそうになり、修子は背筋を伸ばす。

「自分のこと好きになってくれる相手を好きになれたら楽だよな。でも、俺は自分に嘘がつけない。恋愛だけじゃなく全部そうなんだ。だから、未だにアルバイトなんだ。他のみんなみたいに器用になれない。レールに乗れないいんだ」

悲しげに目を伏せると、伊藤はカプチーノに薄い唇をつけた。

「あ、今は俺、脚本家の矢崎莉桜の勉強会に通ってるんだ」

「へえ、矢崎莉桜……。『東京ドールハウス』の脚本家か」

「あ、知ってるんだ。野瀬さん、あんまりテレビ見なさそうだから、意外だな。どう？　面白い？」

「うーん。苦手かな。なんかリアリティがないじゃない。ご都合主義っていうか、うわっつらっていうか」

「野瀬さん……。すごいな。俺もずっと同じこと考えてたんだ。やっぱり君は本物なんだな」

感極まったように、伊藤はまじまじとこちらを見た。その目がうっすら濡れているのを見て、修子は呆気《あっけ》にとられる。

「俺も矢崎莉桜の脚本はいいと思わない。あんなの全部嘘っぱちだよ。人間の心ってもっと複雑で繊細で……。あんなに前向きにぐいぐい進んでいけるものじゃないんだよ」

「ねえ、あなただって、嘘ついているじゃん」

店内は暖かいのに脇が冷たい汗で濡れている。伊藤が怪訝そうにこちらを覗き込む。ああ、やっとマッキーが自分に向けた苛立ちと怒りを理解することができた。

「矢崎莉桜のこと、尊敬できないのに、なんで勉強会に通っているのよ。あんただって、自分のこと偽ってるじゃん。都合いい時だけピュアぶっているけど、本当はいくらでも自分のこと騙《だま》せるじゃん」

不器用な自分を正当化し酔いしれていたせいで、伊藤と自分は何も生めないし、どこにも行けないのだ。どうしてそのことからずっと目を逸らし続けてきたのだろう。思い切って認めてしまえば、こんなに胸が軽くなるのに。

「野瀬さん、あのさ……」

思いがけないほど彼の顔が近くにあったので、修子はぎょっとした。

「やめて、そば寄んないでよ」

悲鳴をあげると、パンフレットをぶつけ席を立つ。

「セミナーに行くというなら、私は止めない。でも、その代わり、完璧に自分を騙して嘘を信じ込まないと意味ないと思う」

オムライスを運んできた店員を突き飛ばすようにして、修子は一目散に外へと飛び出した。それこそ矢崎莉桜ドラマの主人公みたいに。

7

ノブに手をかけたら、鍵が開いている。体を強張らせながら玄関を覗き込むと、ごついブーツが揃えられていた。靴を脱いで居間に足を踏み入れると、トランクの中にハンガーごとスカートやワンピースをつっこんでいるマッキーを発見した。

「残りの荷物とりに来ただけだから」

ほんのしばらく会わないうちに、マッキーはいっそう引き締まった輪郭を手に入れていた。耳に揺れるピアスは見たことがないものだ。輝きが深くしっとりと鈍い。たぶんいつものH&Mのイミテーションではない。何度も思い描いてきたように、謝ろう、と修子はかさかさの唇を開く。

しかし、舌をすべり落ちたのはまったく違う言葉だった。

「なんかさ、私たち、一緒に住んじゃダメだったのかもしれないね」

マッキーがセーターを丸める手を止め、静かに振り向く。

「どうする？　これから」

「ここはマッキーの家だから。私が出てくのが筋だよ」

「そうか。新しいルームメイトならすぐに見つかると思うけど、修ちゃんどうするの」

「うん……。やっぱり当分、実家に戻ろうかな。もうお金も限界だし」

マッキーはこちらまでやってくると、おもむろに青い封筒を差し出した。

「これ、下のポストに入ってたよ」

なんと言っていいかわからず、修子は黙って封筒を手に取る。差出人が以前、履歴書を出しかけた川崎のスーパーマーケットの総務部なので、目を丸くした。

「え、この履歴書、私、丸めて捨てたはずじゃなかったっけ」

「あのあと、ゴミ箱から拾い出して、私が勝手に出したんだよ。私があの時、帰ってこなかったら、修ちゃん、ちゃんと書き上げてポストに入れてたでしょ。つまんないことで気取っちゃ駄目だよ」

なんとお礼を述べていいかわからず、修子は封筒を開く。中身の用紙に目を走らせるうち、足元から血がぐんぐん上昇してくるのがわかった。こうしてはいられない――。修子はせわしなく歩き回り始めた。小さな展示場のスタッフ。それでも仕事は仕事だ。川崎なら小田原からも通える。面接なんて何カ月ぶりだろう。

「ええと、スーツはあるでしょ。靴もある。でも、面接に持っていけるような鞄ってあったかなあ。この間は人に借りたんだよな。今はこんなのしか持ってないし」

玄関に投げ出したぼろ雑巾のような布製のトートバッグを見つめ、途方にくれた。マッキーはコーヒーメーカーにフィルターをセットしながら、あっさりした調子で言った。

「買っちゃいな。いい機会だから一生ものの鞄をさ。もうそういう年齢だよ。あんただって、少しなら貯金あるんでしょ。三十万くらいだっけ」

「でも、今はお洒落している場合じゃないし。まずは就職しないと。仕事が決まったら、ちゃんとした鞄も買うよ」

「だから修ちゃんは駄目なんだよ」

マッキーは見たこともないほど真面目な顔つきになった。

「そうやって先延ばしにしているから、変われないんだよ。必要だと思うならなんでもすぐに手に入れなよ。ちょっとは伊藤を見習いなって。あんなに自分の欲望に素直に生きている男、今時いないよ。そりゃイタいけどさ」

彼女の口元がようやくほころんでいく。ごめん、と修子は目を見て言うことができた。また、一緒に暮らそう、帰ってきて、と続けようとしたが、どうしても舌が動かない。

「これからもう前みたいにいっぱい会えないかもしれないから、言うね。修ちゃんが言うように、世の中なんて嘘ばっかかだよ。でも、プロってそういうものなんだよ。みんな騙し騙されなんだと思う。だからこそ、完璧な抜けのない嘘をつかなきゃいけないんじゃないのかな。いつしかそれが本当になるように命がけで嘘つかなきゃいけないんじゃないのかな。それが大人ってことなんじゃないの」

マッキーは自分にも言い聞かせるようにして、続けた。

「いいじゃない。近いうちにデパートに行きなよ。素敵だな、こんな風になりたいな、って思った販売員に接客してもらうの。それでさ、別人になりすましちゃいなよ。案外外見から入るのって大事だよ。中身は必ず後からついてくるもんなんだよ」

もう、今までのようには会わなくなっていくのだろう。でも、お互い嫌いになったわけではないのだ。修子がもっとしっかりして、相手と上手く距離をはかれるようになったら、また近くに居られるようになる。コーヒー豆が挽《ひ》かれ、部屋中に香ばしいにおいが広がる。マッキーの淹《い》れてくれるコーヒーを飲むのは、もしかするとこれが最後なのかもしれない。

8

鞄というものが、これほど素材やデザインが豊富だったとは。

新宿のデパート一階をかれこれ三時間くまなく歩き回ったせいで、修子はくらくらしている。天井が恐ろしく高く、不安になるほど広大な空間なのだ。女優かモデルと見紛うような女性販売員たちに圧倒されてしまい、商品説明が少しも耳に入ってこない。どこもかしこも白く輝き、自分はなんてみすぼらしいのだろう、とそればかり気にしてしまう。

閉店の時刻はじりじり迫っていて、ウインドウ越しに見える空はもう真っ暗だ。客の数がグンと減り、店員の対応がやや素っ気なくなっている。早く決めなくてはならない——。面接はもう明日なのだ。さっさと選んでしまいたいが、現金で二十一万五千円を所持しているせいか、冷静な判断がつかなくなりそうで怖い。勢いで全財産をATMで引き出してしまったのだ。カードは持っていないし、一体全体デパートに置いてあるA4サイズの鞄の相場がいくらくらいかもわからなかったからだ。

実を言えば、先ほどから心に引っかかっている鞄が一つある。いかにも高級そうな国内ブランドの、しっとりと光る栗毛の馬のような茶色の鞄。シンプルなデザインといい、深みのある色艶といい、一度見たら忘れられない麗しさだった。値段が表示されておらず、近くに販売員もいなかったので、後ろ髪引かれる思いで通り過ぎてしまった。戻るべきだろうか。小さく歯ぎしりしていると、携帯電話の振動に気付いてトートバッグを覗き込む。表示を見ると伊藤だった。こんな時に……。苛々しながら通話ボタンを押し、いつにも増してつっけんどんに問う。

「なあに？　今忙しいの」

「あのさ……。俺、君のこともういいから」

彼は唐突に早口で言った。背後に電車の発車アナウンスが聞こえる。この感じだと、どうやら池上線のホームみたいだ。

「さっきから考えていたんだ。自分は誰を好きになるべきかって……。君も言っただろ。今ある場所を大事にしろって。だから、俺のために本気で泣いてくれるあの子を選ぶよ。莫迦だよな。今まで気付かなかったなんてさ……」

まるで大勢を前に演説しているような、たっぷりとした話しぶりである。修子は遠慮がちに口を挟んだ。

「え、えーっと、それ、シマハラさんのこと？」

「ああ、そうだよ。今まで本当にありがとう。さようなら。野瀬修子さん」

通話は一方的に終了し、修子はまじまじと携帯電話を見つめた。

これが買い物の魔法なのだろうか。部屋に閉じこもっている間は何一つ動かせなかったのに――。デパートに来ただけでかねてからの望みが一つ叶った。何も働きかけていないのに、修子はとうとう伊藤から自由になったみたいだ。にわかには信じられない。押しても引いても駄目だったのに——。あの鬱陶しい泣き顔にもう二度と会えないと思うとちょっぴり寂しい気もするが、解放感がはるかに勝っていた。わっと叫び出したい気持ちに押され、修子はくるりと踵を返した。

迷いのない足取りでもう一度店を目指す。あの鞄を買おう——。

今は自分に似合わない。おろかな浪費だ。背伸びがすぎる。貯金はこれで完全にすっからかん。でも。全力でついた完璧な嘘はいつか本当になる気がする。今度こそ面接に受かること。あの鞄がすべて叶えてくれる気がした。力を与えてくれる気がした。もう値段なんて気にするもんか。思い切ったことをしないと、身銭を切らないと、リスクを背負わないと、何も変えられない。

店の中を覗き込むと、先ほどはいなかった、販売員らしき女性がこちらを向いた。これまで接客されたどの販売員もかすませるほどの、女神のような美女で一瞬身がすくんだ。

「いらっしゃいませ。何かお探しでしょうか」

にっこり微笑んだ顔を見て緊張がほどけた。よかった——。感じのいい人だ。着こなしもメイクも完璧で有能そうなのに、どこかしら親しみの持てる雰囲気をかもし出している。もし就職が叶ったら、外見は無理としても、こういう雰囲気の女性を目指したい。彼女が接客してくれたら、マッキーの言うようないい買い物ができるのかもしれない。

修子はどきどきしながら、

「その鞄、見せてもらえますか」

と叫び、店内に大きく足を踏み入れた。

伊藤くんC

1

相田聡子《あいださとこ》は向かいのクッキー屋の掛け時計の秒針をわくわくしながら見守っていた。接客用の笑みを浮かべながら、ケース下で冷えて固まった右足のすねを左足の膝裏に軽くぶつけた。

残り四分二十六秒で終業。今日は客も少ないし店長も休みだ。時間ぴったりにあがれるだろう。このまま何事もなければチェリータルトを持って帰れる。

売れ残りの持ち帰りは禁止されていた。食品問題が取り沙汰される昨今、デパートはささいなことにも神経質になっている。特に六月は食べ物が悪くなりやすい。

入社二年目で副店長になったというのに聡子は平気でこのルールを破る。なぜなら、デパ地下にケーキ店を展開する、この中堅洋菓子メーカーに就職した決め手は、チェリータルトが親友の神保実希《じんぼみき》の大好物だからだ。ホール三千五百円のチェリータルトは店の看板商品だ。六月から八月にかけては生のサトウニシキを八粒も多く使用している。

アルバイト禁止のカトリックの中高一貫女子校に通っていた聡子たちは、お互いの誕生日に、このチェリータルトを五百五十円のカットで二つ買うのがちょっとした贅沢だった。

六時を告げる「第三の男」のメロディがフロアに流れ出す。聡子はアルバイトの子たちに「お先に失礼します。後はよろしく」と笑顔で告げ、レジ横に隠してある、雑誌の付録のミニトートをつかむと売り場をさっさと後にした。

聡子には二つの秘密がある。

実は甘党ではない。一緒に暮らす両親も姉も知らないだろう。隠す必要などないのかもしれないが、本当はアルコールや濃い塩味が好きだ。しかし、自分はいかにもこういうケーキに目がなさそうに見えるらしい。柔らかそうな明るい色の髪に、舌足らずな話し方。美人ではないが笑うと細くなる人懐こそうな目、小柄で女らしい体つき。イメージに沿う振る舞いを心がけて生きてきた。子供の頃はショートケーキを出されれば大げさに手を叩いた。男と食事に行くようになると、デザートを勧められるたび「どうしよう。迷うなあ」と、さも困ったようにメニューを眺めた。

冷蔵室で、残ったケーキをマチの一番大きな店の紙袋にすべり込ませていると、背後に気配を感じた。私服に着替えたアルバイトの市橋《いちはし》君が真後ろの冷蔵室のドアに寄りかかっていた。仕事中はかがむ動作が多いからわからないが、こうしてみると大学二年生の彼はそれなりに背が高い。

「それ、チェリータルトでしょ。箱に詰めてこっちに持ってきたの、見ちゃった」

まずい、と内心ひやひやする。店長の鈴原《すずはら》さんの耳に入ったら大目玉どころでは済まない。もともと彼女は、この新宿駅に直結したデパートに去年から配属された聡子をひどく嫌っている。休憩室でたまに一緒になっても居眠りか煙草を吸うかで、口をきいてくれないのだ。

「市橋君、黙ってて。今日友達の誕生日なんだ。その子これが大好物で」

大げさに目の前で手を合わせた。実際の実希の誕生日は二カ月先なのだが。

市橋君は笑顔のままにじり寄ってきた。

「言わないから、こんど映画行きませんか」

冷蔵室は、低い天井からつららが何本も垂れている。ただでさえ冷え性で半身浴をかかさない聡子は、身震いしてしまう。白いブラウスに茶と緑の格子のエプロン、お揃いの帽子を頭に載せた自分は、私服の市橋君に比べると子供のようだ。さっきまでは社員とバイトだったのに頼りない気持ちになった。

　二つ目の秘密。生まれてから二十二年間、自分には一度も恋人がいたことがないのではないかと、聡子は日々考えている。今まで関係した十一人の男の子の誰にも、少なくともちゃんと愛されたことがない。セックスの後、いとおしくてたまらないように髪をなでてもらった経験もないし、誕生日をきちんと祝ってもらった記憶もまったくない。口にしたら誰もが大笑いするだろう。なぜなら聡子は男を切らさない女として有名なのだ。

　一方、実希に二十二年間恋人がいないことは、周知の事実だ。

「彼氏なんていらないし、結婚も興味ない。勉強で忙しいし、私、男に人気ないから」と本人はさばさばと語る。聡子は、そんな親友を尊敬すると同時に哀れんでもいる。実希をよく知る人は皆「もったいない」と言う。露出の低い服装や黒縁の眼鏡で、ぱっと見ただけではわからないが、実希は大変な美人なのだ。付属の短大に進んだ聡子と違って頭もいい。

　今は有名な私立大学の四年生だ。来年は大学院に進むという。

　気がつくと、市橋君にキスされていた。

「なにそれー、聡子ちゃん、一応上司でしょ。いいの？」

八分の一にカットしたチェリータルトを、手づかみで口に押し込みながら、実希はとがめるように言った。彼女の六畳半のフローリングの部屋は、まるで無印良品のパンフレットみたいにいつも整然としている。キャンドルや雑貨でごちゃついている聡子の部屋とは正反対だ。どういうわけか、聡子は千円単位の贈り物をよくもらう。

2

仕事が終わり、聡子はそのまま実希のアパートにやってきた。聡子の実家から歩いて十五分もかからない。同じ千歳船橋《ちとせふなばし》だ。

実希の実家は横浜だから、四ツ谷にある大学には十分通える。それなのに、彼女は家族の反対を押し切って大学入学と同時に、自分の貯金で家を出た。大学教授の父親と進路を巡り対立したらしい。今も極力仕送りを断り、生活費はアルバイト代でまかなっている。聡子は、彼女の意志の強さに半ばあきれているが、近所に住むとわかった時は嬉しかった。

二人は料理が作れない。いつも聡子が、デパートで社員に割引販売される見切り品のカボチャサラダやから揚げを買ってきて、床に座りだらだらと発泡酒で流し込んでいる。

「はあー、絶対、あんたたち付き合うことになるよ」

と実希は忌々しそうに前髪を振り払い、煙草に火を点けた。

「ええ、そうなの？　そんなこと全然思ってなかった」

大げさに目を見開きつつも、その通りになるだろうと、聡子は冷静に考えた。市橋君が以前から、こちらを見つめているのは知っていた。ああいう視線には、慣れている。

「でも、あんた、その市橋君のこと好きじゃないでしょ」

「そんなことまだわかんないよ」

のんびりした風を装う。これから好きになれば問題ないのだ。

「このビッチ！」

実希が突然、クッションをぶつけてきた。

「ついこの間までは、ふられたー、もう恋なんてしなーい、なんて大騒ぎしてたくせに」

笑いながら、クッションをぶつけ返す。じゃれながら、久しぶりに先月まで付き合っていた二十六歳の銀行員を思い出した。

「ごめん、もう会いたくない」

彼の三軒茶屋《さんげんぢゃや》のマンションで唐突に告げられた。田園都市線に飛び乗り、すぐに実希にメールをした。夜の十一時過ぎだったと思う。

寝る直前だった実希は、すっぴんで濡れた髪のまま、聡子が泣きながら待つ渋谷マークシティのコーヒーショップまで来てくれた。

「泣くなよう。あんたなら、またすぐ恋人できるって」

そう言って肩をさすってくれた。厚化粧の女の行き交う、どぎついネオンの夜の街で、飾り気のない彼女は少年のようだった。その夜、二人は終電を見送り、夜を徹して山手線沿いを歩いた。

いつもこうだ。男に捨てられたことをメールで報告すると、それが六本木ヒルズでも、舞浜のディズニーランド前でも、実希は必ず駆けつける。一晩中散歩やカラオケに付き合ってくれる。朝になれば、捨てられたみじめさは綺麗さっぱり洗い流されているのだ。

「あんた、今日泊まんないの」

実希の言葉で我に返った。

「コンタクト置いてきちゃったしなあ」

「ダッシュで取りに行けばいいじゃん」

「実希ちゃん、明日は大学？」

「授業に出た後、ちょっとバイトに出る。そろそろ院の受験勉強に本腰入れたいから、今月で辞める予定なんだよね」

男と遊ぶより、こんな風に実希とだらだらしている方がいい。しかし、現実にそれをするには、周りの視線をはねのけるだけの多大なエネルギーが必要だろう。

「市橋君、恋人としては頼りないけど、いい父親にはなれそうな気はするんだよねぇ」

聡子の言葉に、チューハイの缶をつぶし始めた実希は鼻を鳴らす。軽い、と侮蔑されていることはわかる。なぜって、彼女はもう三年も一人の男に片思いしているのだ。

相手は大学のサークルOBで六歳年上、伊藤先輩という。実希の恋には気付いていないふりをする、という暗黙のルールがあるが、聡子でなくとも誰もが皆彼女の気持ちを知っているだろう。

伊藤先輩の実家は千葉の大地主だ。お金に困らないのをいいことに、卒業後は塾講師のアルバイトをしながらシナリオライターを目指し、ふらふらと気ままに暮らしているらしい。二回ほど彼に会ったことがあるが、正直なぜ、実希がこれほど惚れ込んでいるのかよくわからなかった。整った顔立ちであることは認めるが、第一ボタンまで留めたシャツが神経質な印象を与えたし、どことなくナヨナヨしていて気色が悪い。去年までは恋人がいたが、現在は付き合っている相手がいないらしい。

「デパートで働いている美人の彼女に愛想をつかされたみたいだね。それもクリスマスイブに」

実希は嬉しそうに報告してきたが、ふと切なそうに眉をひそめた。フリーになった彼に今なお選んでもらえなくても、恋をあきらめるつもりはないらしい。

3

映画を見ている間に雨が降ったようだ。

梅雨に池袋には行かない方がいい。隣を歩く市橋君が大学のバンドサークルのメンバーの噂話をするのを努めて楽しそうに聞きながら、聡子はそう思った。東口の煙草と脂でよどんだ空気に湿度が加わり、むせそうだ。

市橋君の通う大学とアパートは西口にあるらしいが、初デートなら女の子の家の近くを選ぶべきだろう。すれ違った女の持っていた傘が、すねにぶつかった。ストッキングに丸い水のシミができたかもしれない。市橋君が早く店に連れていってくれればいいのに、とため息をつきそうになる。歩き回るばかりでいっこうにその気配がないので、仕方なく提案した。

「そこのハンバーガー屋さんに入らない？」

混んだ店内に席を見つけ、荷物を置いてからカウンターに並んだ。やっと腰を落ち着け、煮詰まったコーヒーと気味の悪いほど黄色いパンに挟まったうす甘い肉を嚙んだ。

隣のテーブルの女の子がかるたのように、風俗店のチラシを一枚一枚広げ、かたっぱしから携帯で電話をしていくのが目に入る。

市橋君のアパートに誘われるのだろうか。最初のデートだしそれは断ろう。

「俺、今日バンドの練習あるんで、この後大学に行かなきゃいけないんですよね」

彼の口調は別段すまなそうでもない。その無神経さに少し驚きながらも、笑顔を作る。胸がスクエアに開いた白いワンピースは、鎖骨を綺麗に見せているはずだ。

「いいよ、いいよ。この後、その辺ぶらぶらして帰るし」

隣の女の子は、五本目の電話で勤め先が決まったらしく、チラシを手早く片付けると、大きな化粧ポーチをテーブルに出し、粉だらけの道具で化粧を始めた。

映画の感想は語られず、恋心を告白されることもなかった。聡子たちは店を出、天井が低い駅の地下通路で別れた。その辺をぶらぶらすると言った聡子が改札の中に入っていくことに、市橋君はなんの疑問も感じないらしく、東武デパート前の雑踏に消えていった。聡子は何とかして気を取り直そうとする。

そうだ、今日のデートの報告をしに実希の部屋を訪ねよう——。

改札内の「らぽっぽ」でさつまいもとリンゴのタルトを買いながら、市橋君に幻滅すまい、と懸命になっている自分に気付いた。

4

ドアを開けた実希を見た瞬間、伊藤先輩がらみで何かあったのだろうと、直感した。

「あー、さつまいもとリンゴのタルトじゃん！　いいのに、そんな気ぃ遣わんでも」

実希は、弾んだ声で菓子箱を受け取ると、大きな手で扉を押さえて聡子を招き入れた。

これから彼女が話し出す「伊藤先輩事件」は信じられないほど他愛ないものだろう。しかし、それが彼女をこうも輝かせている。聡子は、しんとした気持ちを味わう。親友を盗られそうで悲しい、というより、なぜ自分だけ好きでもない男と大切な時間をつぶしているのだろう、と苦い思いが広がっていくのだ。それでも聞かずにはいられない。

「実希ちゃん、楽しそう。いいことあったの？」

実希は、折り畳みテーブルを立ち上げながら、鳩のように体を丸め、くくっと思い出し笑いをする。

「いいことなわけないじゃん、あの伊藤先輩がさあー」

うんざりした風を懸命に装ってはいても、溢れる気持ちをまるで隠せていない。珍しく、ちゃんとポットで紅茶を淹れてくれた。

「私がもうすぐ辞めるアルバイト、引き継ぎたいって言うの」

実希は赤坂のテレビ局でアルバイトをしている。サークルOGの推薦だった。

「え、塾の仕事は？」

「最近辞めたみたい。ほら、あの人、塾の先生なんてあんまり向いてないって前から言ってたし、将来シナリオライターになりたがっているじゃない。テレビ局でコネが欲しいんじゃないの？　さっき直接電話が来たんだよね」

聡子は、一応自分専用ということになっている子猫のマグカップを両手で抱いて、頬を桃色に染めた実希をにこにこと見つめている。内心、伊藤先輩にいけすかないものを感じていた。彼はもともと彼女の思いを知っているためか、実希と一対一では会わない。それなのに、困った時だけこうして頼ってくる。実希のよく口にするような皮肉を言いたい気持ちが起きるものの、気のきいた台詞など思い付くわけがないので、タルトを頬張る。思ったより生地が硬く舌になじむまで随分かかった。冷凍してあるものを店頭で自然解凍しているのだろう。

帰り道、高校の同級生の山村《やまむら》ミヨに歩きながらメールをした。合コンを催促する内容だ。ミヨは幹事を快く引き受ける種類の人間である。

真後ろのベンツが、非難するようにクラクションを二回鳴らした。

5

六月のデパ地下というのは、どうしてこう息が詰まるのだろう。ケーキやお惣菜《そうざい》が売れないせいで、フロア主任の機嫌が悪いからだろうか。入り口で傘にビニールをかけない、だらしない客らが持ち込む雨水が蒸発しているからだろうか。

早く帰りたい。こちらの心を読み取ったかのように、隣の鈴原さんが、聡子を横目で見て大げさなため息をついた。

最近、実希はしょっちゅう電話をかけてくる。院の入試が迫り前ほど遊んでくれないくせに、伊藤先輩のことを聡子に長々話す時間は例外のようだ。

「伊藤先輩、一番忙しいニュース番組に配属されて、さっそく鬼みたいな一番怖いプロデューサーにすごい怒られたの。あの人根性ないから、その夜、私に電話かけてきてさ」

嫌な予感がする。伊藤先輩は、初めて会社という場所で、自分に近い年齢の社員にあごでつかわれている。挫折知らずのお坊ちゃまは、どれほどプライドが打ち砕かれているだろう。そんな時、そういう弱い人間がどう出るかは、聡子にはよくわかる。大切にしてくれそうな異性に甘えるのだ。

聡子の体は最近ますます冷えやすい。クーラーの効き始めたデパートで、一日中立ちっぱなしだからではない気がする。

隣の鈴原さんは、奇術師のような手つきでケーキ箱を組み立てていた。

6

「ごめんね、遅れて。鈴原さん、怖くてさ」

夕暮れの新宿駅南口の空気は、夏特有のだるさを持ち始めている。歩きながら市橋君を見上げると、米粒大の汗が額をつたっていった。

「いいっすよ、いいっすよ。バンドのゆーじってヤツなんか、超遅刻魔で」

市橋君は随分とご機嫌だ。またバンドの話か、とため息が出る。バンドといっても、彼が好んでしゃべるのは音楽の方向性云々ではなく、メンバーの内輪話ばかりなのだ。案の定、市橋君はお店を考えていなかったので、東口近くのビルの地下にある和風ダイニングバーに連れていくことにした。市橋君は、驚くほど脂っこいメニューを生ビールで流し込み、しゃべり続ける。灰皿にハイライトを薄汚く盛り上げていく。

こうしている今、実希はどうしているのだろう——。グチを聞いて欲しくて仕方がない伊藤先輩に誘われ、飲みに行っているのかもしれない。

あいづちを打つのに疲れたその時だ。

「彼女が、ちゃんと授業出ろって五月蠅いんすよ。俺はバンド続けたくて、卒業後もレコード屋でバイトしたいんですけど」

グラスを取り落とさないように、顔が引きつらないように、なんとか微笑んだ。市橋君はとろんとした赤い目だが「彼女」という単語を口にしてから探るように聡子を見ている。傷つけた女の顔をよく覚えておいて、自信につなげるこの目。聡子が関係したすべての男の目。

「ふうん、彼女いるんだ。ショックー」

薄々気付いていた。彼の妙にがっついていない、安心しきったオーラは決まった相手がいる人間特有のものだ。反対に、生まれてこのかた恋人がいたことがない自分からは、いかにも飢えた雰囲気が漂っているのだろう。

「ショックーって、いい風に受け取っちゃっていいんですか」

本当はすぐ帰りたい。だけど、そんなことをしたら、近いうちに恋が叶うであろう実希の輝きに傷つけられる。セックスフレンドだろうが、二番目だろうが、つなげるものはつながないと。ちっぽけなものだとしても、聡子にとって寝る男がいることは自信になるのだ。

「とっちゃってもいいよ」

聡子は目を細め、はにかんだように首を傾げた。自分一人で払えるわけもないのに、市橋君はいきなり伝票をつかんで立ち上がる。

その夜、聡子は彼のアパートで二回セックスをした。

7

市橋君と寝た四日後、実希からメールが届いた。文面を見て、ついに来た、と思った。こんなことは初めてだ。

その夜は中目黒で合コンだった。幹事のミヨに適当に言い訳をし早めに切り上げ、実希のアパートに直行する。今は安定した気持ちだ。市橋君とは寝たし、今夜は参加者の男すべてに連絡先を聞かれた。これで、実希にうんと優しく接することができそうだ。

「ごめんね、聡子ちゃん」

赤い目をした実希がドアを開けてくれた。

彼女は息を呑むほど美しかった。顔色は悪く化粧っ気もないが、体からすべての毒素が抜けてしまったのかと思わせるほど、肌も目も髪もほの青さをもって輝いていた。

「どうしたの？　ほら、プリン買ってきたの。一緒に食べよう」

聡子は靴を脱ぎ、手を洗いに行った。早くも心がかき乱される。彼女がいとおしいのか、ねたましいのか、よくわからない。これから彼女がする話を聞きたいのか、聞きたくないのかも。

聡子が淹れた紅茶とプリンを目の前にして、実希はうつむいていたが、やがて静かに話し出した。

昨夜、伊藤先輩は実希を飲みに誘った。丸ノ内線に乗り、御茶ノ水にある伊藤先輩行きつけのジャズバーで、二人はギムレットとジントニックを飲んだ。伊藤先輩にあまりお金がないことは知っていたので、実希は食べ物を注文しなかった。終電の時間が近づいた頃、伊藤先輩は「帰るなよ」とつぶやいた。

二人は神保町を経由して水道橋に歩いていった。後楽園のすぐそばにあるラブホテルに入る時、少しも怖くはなかったという。


ここまで話すと、実希はまっすぐに聡子を見た。

「あのね、親友なのに言ってなかったけど、伊藤先輩のことがずっと好きだったの」

そんなことこっちだって、ずっと知ってるよ。聡子はしばし呆気にとられた。自分の気持ちがだだ漏れだ、ということを本当に知らなかったというのか。言葉の代わりに、聡子は実希の肩をぐっと抱きしめた。香水をつけない実希からは、みずみずしい女児のような体臭がする。しかし、ウエストから腰にかけての線は、びっくりするほど成熟した女のそれなので、このギャップに伊藤先輩はさぞ興奮しただろうと思うと、今更ながら悔しい。


「私、びっくりしちゃった」

唇をかすかに開き、惚けたように視線をさまよわせる。彼女の変貌には圧倒された。閉じ込めていたなまめかしさが、たった一回の逢引でゆるゆると解放されていくようだった。

「キスって、あんなに色々するものなんだね。先輩、本当にすごかった」

実希は張り詰めていたシーツに優しく皺がよるように、ふっと力の抜けたため息をついた。あの男がそんなに上手いのだろうか。彼女の話はなんだか疑わしい。

キスの後、伊藤先輩は実希のシャツのボタンに手をかけた。彼女は慌てて、シャワーを浴びたいと懇願した。大急ぎで狭い風呂場で体を清め、再び下着をつけてベッドに戻った。

伊藤先輩は、寝そべって携帯電話を見つめていた。実希は焦った。先刻まで彼にあった苦悩と飢えのようなものが綺麗に失くなっていたから。伊藤先輩は顔を上げ、

「怖がらなくていいよ」

と彼女をベッドに呼び入れた。

「今日はもういいから」

兄のようにそうささやき静かに肩を抱いてくれた。その夜、眠る伊藤先輩の横で、実希は一睡もできなかった。

聡子はそこまで聞き終わって、やはりどこか嘘があるのだろうと確信した。風呂場から出た後の伊藤先輩の態度が、どうも作り話のような気がする。半信半疑でいると、実希はすがるような視線を投げかけた。

「ねえ、これってどういうことだと思う？　嫌われたのかな？　次はもうないのかな」

皮肉屋で冷静な実希はどこにもいなかった。聡子には伊藤先輩の気持ちが手に取るようにわかる。この生真面目さを受け止めるには、器もエネルギーも足りないのだ。聡子は賢者のような面持ちで、ゆったりと実希の手をとる。

「ちゃんと実希ちゃんのことが大事だと思うよ。でも、伊藤先輩はフリーターだし、自信もないいんだよ。だから焦らないで、ゆっくり待っててあげないといけないいんじゃないの」

自分の言葉が面白いほど目の前の実希に浸透していくのが、はっきりわかった。彼女の頰がばら色になる。全身に感謝をたたえてこう言った。

「さすが聡子ちゃんだね。どうもありがとう。私、男の人のことよくわからないから、今後も色々と教えてね」

彼女の恋を助けたいのか、それとも無残につぶしてしまいたいのかわからない。慌てて頰張ったプリンは、冷たい固まりになって喉を塞《ふさ》いだ。

8

アパートの外階段のあたりまでトマトとオリーブオイルとブイヨンの、食欲をそそる酸味ある香りが漂っていた。まさか実希が料理を作っているのだろうか。そんなこと今まで一度だってなかった。聡子は思わず足を速める。この間の告白からまだ三日と経っていないのに——。不安で胸がざわざわしてくる。

「聡子ちゃーん、いらっしゃい」

インターホンを押すや否や、実希が飛び出してきた。初めて見せるエプロン姿だ。曇るせいか眼鏡を外していた。

「恥ずかしいんだけど、ミネストローネ作ってみたんだ。よかったら食べてみて」

実希は照れたように微笑んで、玄関脇のコンロ上の鍋をお玉でかき回し始めた。

実希の見守る中、口にしたミネストローネは、熱くて野菜がたっぷりで食べごたえがあった。ふと目を遣ると、流しはまな板だの皿だの野菜の切りくずだので溢れかえっていて、かつて見たことがないほど散らかった状態だった。

「これ、伊藤先輩に作ってあげるんでしょう」

実希の目が大きく見開かれた。頬を赤らめ、案外素直にこくりとうなずいた。

「次に会う約束もしてないけどね。いつかうちに来てくれた時に、何か作ってあげたいなあ、と思って」

聡子は、彼女の話をにこにこと聞きながら、まだ合コンで知り合った商社マンのことや市橋君と寝たことを報告していないのに気がついた。以前のように、好きでもない男たちの話をだらだらとしてはいけないような雰囲気が、この部屋には漂っている。ほんの少し前まで、よそよそしいほど整然と片付いていたのに、聡子はとてもくつろいでいた。今、いい香りが充満し、ごちゃついている部屋は、あまりにも温かく充実していて、お前なんていなくてもいい、と笑顔で聡子を拒絶しているみたいだ。

帰り道、実希にあげるはずだった売れ残りのお惣菜の入ったビニールを、コンビニのゴミ箱に放り込んだ。

実希が料理を作るようになったので、その後デパ地下の売れ残りを買うことがなくなった。彼女は七月中旬までの短期間で、瞬く間に料理の腕を上げた。しかしいずれのメニューも伊藤先輩の胃に入ることはなかった。酢豚もカレーも、食べたのは聡子である。

「伊藤先輩、シナリオコンクールに向けて執筆中で忙しいんだって」

そう微笑む実希は少し寂しそうだった。

地獄の入り口を聡子は、知っている。観念的な意味ではなく、目に見えるそれである。デパートの生ゴミ処理室。思い出すだけで、胃液が逆流する。

中二階の裏口傍にある、その部屋の十メートル手前まで来ると、甘酸っぱいにおいが漂い、頭がぼんやりする。夏場は特に辛いが、今週売れ残りのケーキを捨てに来る当番は聡子なのだ。

9

息を止めて、売れ残りのケーキの詰まったビニール袋を握り締め、生ゴミ部屋へと入っていく。

一瞬、汚臭で風景が歪む。十二個のバケツのふちまでぎっしりと詰まった、ぎょっとするほど鮮やかな色彩の、肉や果物や人の髪の毛。蛆《うじ》が壁を伝い歩いていて、体がざわざわと粟立つ。先刻まで人々を微笑ませていた甘いケーキが、生クリームと古い果実の固まりになって、腐った魚やびっしりとカビの生えた米の上にぶちまけられる。

急いで処理室を出、深呼吸する。それでも、そんなにいい空気ではない。たった今目にした光景は、入社以来何度も見ているものだけれど、最近はやけに応えるようになった。年のせいか。それとも来月、八月十日に誕生日を迎える実希がますます綺麗になっているからなのか。

彼女は変わった。眼鏡をコンタクトに替え、伸びかけの髪もまっすぐにブローして下ろすことが増えた。鎖骨や首はしっとりと光り、アクセサリーなどなくても、十分に輝いている。伊藤先輩と実希があれっきり抱き合っていないというのは、本当なのだろうか。聡子は疑ってしまう。もうとっくに寝ているのではないか。

大丈夫。二人の仲が進展したなら、実希は親友の聡子に必ず打ち明けてくれるはずだろう。いや、そう何度言い聞かせても効き目はない。

親友――。自分は、本当に実希の親友なのだろうか。本当の親友ならば、こんなに彼女の恋の行方が気になり、一挙一動を自分と比べて落ち込んだり、ほっとしたりするものなのだろうか。

10

実希は誕生日を楽しみにしている。

「伊藤先輩に誘われたの。青山にあるジャズのお店に、生演奏を聴きに行くの」

と嬉しそうに言い、ちょっとすまなそうな上目遣いで、

「聡子ちゃんごめんね、毎年誕生日は二人でお祝いするのにね」

と謝った。本当にそうだ。知り合ってからほぼ十年間続いた二人だけの恒例行事は、伊藤先輩の登場で呆気なく終焉を迎えた。毎年その日は、実希の好物のあのチェリータルトでお祝いしていた。今年は、売れ残りではなく聡子が社割で買ったものをホールでプレゼントする予定だったのに。

飯田橋のカナルカフェという水辺のお店で二人は話をしている。蟬《せみ》の声が五月蠅すぎて、逆に静かな午後だった。最近、彼女はやたらと聡子を外に連れ出す。

さっきから隣の席のサラリーマンが実希を見ている。聡子は焦って、その男に誘うような視線を送ってみるが、まるで気がついてもらえない。正直こういうタイプの男に、実希は好かれないと思っていたのに。

「よかったじゃん。これで正真正銘のカップルだね」

本心と逆のことをスラスラと口にする。実希はすっかり恋人気分でいるが、伊藤先輩はまだ、彼女にちゃんとした交際を申し込んでいない。希望はある。

「そうかなあ」

実希は歌うように言う。その口調は余裕があり、何故か初めて彼女に怒りを覚えた。

自分に不幸なんて起こりえない、大切にされて当然という、その態度。ふと伊藤先輩が彼女のこの傲慢さを嫌になるのではないか、という期待を抱く。

「誕生日の日は一晩中一緒にいてくださいってお願いしたの。そしたら……」

と彼女は顔を赤らめた。

「ちゃ……、ちゃんと付き合ってもらえるかなって」

実希は下を向く。驚くほど愛くるしい仕草で。確かにそうだ。体の関係は強い。おまけに彼女は処女だ。

「その日は大作にチャレンジしようかな。ちらし寿司を作って持っていこうと思うの」

聡子はあきれる。ジャズライブの夜にどこでちらし寿司を広げるというのだ。実希は、得意そうに胸を張った。

「ホテルに行くかもしれないから、そこで食べればいいじゃない。酢飯は持ち歩いても悪くならないし」

嬉しそうな彼女の表情を見ているうちに、疲労を感じた。暑さのせいではない。この思いは、おそらく伊藤先輩も味わっているに違いない。

誕生日にブルーノート。綺麗にしていくだけで十分なのに、どういうわけか実希は、ご飯の詰まったタッパーを、隠し持っていくのだ。

11

「今夜のライブは、聡子に絶対来て欲しいから」

今朝も、市橋君からの念押しメールで目が覚めた。本命に昇格したいなら、絶対に外せないイベントなのに、行く気がまったくしない。

「きっと、この暑さがそうさせるんだ」

暑いどころか凍ってしまいそうな冷気の漂う、売り場でつぶやく。夏休みが始まり、帰省のお土産を探す人々が詰めかける。去年と変わらない風景を見ているうちに、自分がなぜデパートで、メルヘンチックな衣装で作り笑いを浮かべているのか、わからなくなった。なんで菓子屋に就職したんだっけ——。

「ぼーっとしてないで、あちらのお客様を接客なさい」

鈴原さんのつららみたいに鋭い声が飛んできた。わざとあたふたした様子で、自分の子供がガラスケースに指紋をつけていても注意一つしない、聡子と同い年くらいの若い母親のもとに飛んでいく。

その時、冷蔵ケースの中のチェリータルトが目に入った。真っ赤な小粒の太陽のような果実。見慣れている商品だが、季節限定のサトウニシキを使っているせいか、とても瑞々しく美味しそうに見える。なんだか、今すぐに実希に会いたくなった。

最近は彼女の幸せな恋の行方を聞くばかりで、こちらはまったく話をしていない。気持ちがすっきりしないのはそのせいだ。彼女に仕事や男の悩みを聞いてもらうと、心が晴れる。解決の糸口など何も見えていないのに、前向きな気分になり、明日からちゃんと生活しようという意欲が高まるのだ。ここにある数々のケーキのように、甘くて無駄で大切な栄養。

今夜なら実希は家にいるはずだ。一週間早いけど、どうせ誕生日は一緒に過ごせないのだし、チェリータルトを持って彼女の家に行こう。

12

売れ残りのタルトの入ったケーキ箱を抱え、実希のアパートに着いたのは、八時少し前だった。昼間の熱気がようやく冷め始めている。アパートの庭から大量発生している蚊《か》に気をつけながら、インターホンを二回押す。

応答がない。すぐ戻るだろうと期待して、聡子はその場にしゃがみ込んだ。ケーキ箱にドライアイスを三個も入れたから悪くなりはしないだろう。藍色に染まった空を眺めていたら、鼻の奥がつんとした。

自分は何をやっているのだろう。男に待たされたり約束を破られることなら慣れている。でも、こうして来るか来ないかわからない実希を待つのは、本当に心細かった。伊藤先輩に誘われたのかもしれない。恋する女の子がまっすぐ家に帰る訳はないのだ。それでも一時間は座っていた。メールを打てばいいのに、何故だかできなかった。散々蚊に食われて手足がぼこぼこになったのを暗闇の中手探りで確認し、立ち上がる。

このケーキを持って、市橋君のライブに行こう。友達が離れても、聡子には「可愛い」と頭をなでてくれ、セックスしてくれる男がいることを確認するために。

13

ライブハウスは、下北沢だった。カレーのチェーン店の地下一階。うんざりするほど急な階段を下りながら、油臭さとスパイスの香りでくらくらした。会場は狭く天井が低い。煙草の煙と薄着の若者で溢れていた。ステージでは市橋君と数人の男が演奏をしていた。点滅する青白い照明が、頭痛を呼び起こす。

やっぱり来るんじゃなかった、と後悔したが、取り敢えずケーキくらい渡さなければ来た意味がない。楽屋を目で探した瞬間、ねっとりした手が暗闇から伸びてきた。

「相田聡子さんですよね」

見知らぬ女が、聡子の手首をつかみ、階段下の踊り場に連れ出した。江藤加奈子《えとうかなこ》と名乗ったその女の子は、ぽっちゃりしていて、背が低かった。マスカラがだまになっている。

「私、市橋君の彼女なんです」

驚かなかった。手をつかまれた時にそう予感していた。

「市橋君の携帯見ました。あなたと市橋君のメールを読みました。写メ見たからあなたの顔を知っていました。そのことはまだ彼には言ってません」

加奈子さんは、どうだ参ったか、とでも言うように胸を張った。

「彼には頑張って欲しいし、邪魔になることをしたくないんです。だから、今までのことは目をつぶります。お願いします。もう私たちをそっとしておいてください」

周辺の何人かがちらちらとこちらを見ている。加奈子さんは、それを重々承知の様子で、短い腕を膝につけうやうやしく頭を下げた。この女は、何かを律儀に真似ている気がする。ドラマや漫画で見た何かを。

「わかりました」

肩でため息をつくと、すべてが莫迦莫迦しく思えてくる。

「もう、市橋君にちょっかい出さないから」

わざとふてぶてしい口調でそう言った。加奈子さんは突然、暗闇でもはっきりわかるほど、頰を紅潮させ眉間に皺をよせた。あっという間に般若《はんにゃ》の形相だ。

「私がこの二カ月どれだけ辛かったと思ってるんですか」

と彼女は叫んだ。涙が流れ始めている。

「謝ってよ、謝ってよお。ちゃんと謝って」

聡子は、しぶしぶ頭を下げようとした。その時、ふいに初めてと言っていいほどの強い怒りが湧いてきた。自分と加奈子さんのよく似た莫迦さ加減にである。大切にしてもらえなくても、心が通い合わなくても、男をつなぎとめずにはいられない。一人よりはましだから。

無言で、ケーキ箱からチェリータルトを取り出す。大きく息を吸うと、加奈子さんの顔の真ん中めがけ、べちゃりとぶつけ、ぐりぐりと押し付けた。ビスケット生地の向こうに、彼女の鼻の低さを感じた。加奈子さんの表情はもはや、カスタードクリームでまったくわからない。周囲にざわめきが起きた。

「なにすんのよお、あんた頭おかしいんじゃないの」

と涙まじりの加奈子さんの声がタルト越しに漏れ出る。頭からぼたぼたとクリームをたらす加奈子さんは、ホラー映画に登場する、頭部が溶け始めた怪人みたいで、ちょっと怖くなった。

市橋君らしき男の声が聞こえたような気がしたが、くるりと背を向けて階段を駆け上がる。入ってきた時と同じカレーのにおいがしたが、もうそんなに嫌ではなかった。息を整え店を出る。今頃、実希は伊藤先輩とキスをしているのかな、と夜空の広がる下北沢の駅前を横切りながら考えた。

手についたカスタードクリームを舐めると、この夜の空気のようなだらけた味がした。やはり甘いものは苦手だ。

その夜、市橋君から何回か着信があったが、どうしても出る気にはなれなかった。

14

翌日は遅番で、市橋君もシフトに入っていた。売り場で彼を見るのは久しぶりだ。制服姿の市橋君は、ジャニーズみたいで可愛いな、と見るたびに嬉しい気持ちになったものだが、今おどおどとこちらをうかがう彼は、疎ましいバイトでしかない。

「相田さん」

とふいに呼ばれた。顔を上げると、なんと伊藤先輩がいた。会うのは約二年ぶりだった。

「伊藤先輩？　わあ、お久しぶりです」

あの頃より心なしかたくましくなったように感じる。こうして見るとやはりなかなかのイケメンだ。

「やっぱり聡子ちゃんだよね。神保がしょっちゅう話すから、会ってない気がしないよ」

彼は感じが良かった。実希の言う、文系ニート予備軍には見えない。考えてみれば、就職してはいないが一流大学卒業生で実家は大金持ちなのだ。驚いたことに、ガラスケースにちらりと映った聡子の顔は媚びていた。

「今日はさ」

と伊藤先輩が少し照れたように言った。

「ケーキの予約に来たんだ。来週あいつの誕生日でしょ」

上手く笑顔が作れただろうか。

「なんだっけ。あいつ、さくらんぼのケーキが好きなんだよね。ここの」

伊藤先輩に微笑みかけながら、涙が出そうになった。今の聡子の状況と比べ、実希の人生はなんて明るいのだろう。美人でしかも目標があって、誕生日に一番好きなケーキを買ってくれる恋人までいる。自分がせめて一つでも持っていたら。おまけにその男は、今まで自分が彼女にしてあげていた唯一の仕事さえ奪おうとしている。聡子が社割で買ったチェリータルトと、恋人が一週間前から予約してくれたチェリータルト。どちらに価値があるかは明白だ。

聡子は、はしゃいだ声をあげた。

「わあっ、わかってますね。チェリータルトは実希ちゃんの大好物なんですよ。お取り置き票にご記入いただけますか」

取り置き票とペンを差し出したその時、伊藤先輩の手とわずかに触れ合った。まだ少年っぽさの残る市橋君の手とは違う、かすかに熱を持った大人の手だった。

伊藤先輩はちらっと聡子を見、住所と名前を記入するためにケースにかがんだ。聡子は今の視線から、心情を読み取ろうとする。この男、どうやらあの美しい実希に満足していないようだ。目を見開く思いがした。落ち着け、落ち着け。

聡子は名前を書き込む彼の頭部を、女王のように見下ろした。つむじの部分がきゅんとくぼみ、子供のようだ。この男を上手く操ることができる気がしてきて、ことさら明るい声で言う。

「いいなあ、いいなあ。実希ちゃんは幸せで。伊藤先輩はなんでもわかってくれる、って言ってましたよ」

顔を上げた伊藤先輩の目を覗き込む。祈るような気持ちで。

「そうでもないかな」

しばらくして伊藤先輩は困ったように笑うと、ぽつりとつぶやいた。

「そこまで俺、器大きくはないかな」

彼はガラスケースに少しもたれ、聡子に話を聞いてもらいたそうな、甘えた顔をした。

(思った通りだ。甘やかされた、趣味の良さだけが自慢のお坊ちゃん。自分の苦労なり悩みは、すべて人に理解してもらい、慰めてもらわないと気が済まない)

「この後、聡子ちゃん、よかったら飲もうか。久しぶりだし。仕事終わるの何時?」

聡子は昨夜、加奈子さんのおろかさに怒りを覚えたことを忘れている。

15

伊藤先輩に導かれたのは、新宿三丁目にある洋風居酒屋の、一番奥の暗い席だった。

「聡子ちゃんて聞き上手だね。神保もよくそう言っているけど」

聡子がこの一時間のうちに必死で考えた計画とは、こうだ。彼の気持ちが萎えていくように、実希の最近のはしゃぎようを誇張して話す。二人の仲を裂くのだ。神様、この繊細な男が実希をもっともっと鬱陶しく思いますように。

「私なんて、全然ダメですよ」

聡子はためらいながら口にする。

「実希ちゃんなんて、美人で頭が良くて、しっかりしてて。私ずっと羨ましかったんですから」

ふいに血がぐんぐん下がっていくのを感じる。運ばれてきたジントニックに慌てて口をつけると、厳しい冷たさと苦さが空っぽの胃にきんと沁みた。そうだ。知り合ってからずっと実希が羨ましくて仕方がなかったのだ。それに彼女を好きな気持ちがあいまって、聡子の心は振り子のようで、いつだって苦しかった。

「だから、実希ちゃんに初めての彼氏ができてとっても嬉しい」

「初めて」に力を込める。伊藤先輩のビールを持つ手が一瞬止まる。そして「やっぱり、初めてか」と、つぶやいた。

次第に口数が少なくなっていく伊藤先輩に向かって、無邪気さを装いつつ、実希がいかに彼のことで頭がいっぱいか、いかに真剣か、話し続けた。

その間、伊藤先輩はビールを二本空け、聡子はカクテルを何杯も飲んだ。

ずっと黙っていた伊藤先輩がこうつぶやいた。

「神保って、ほんといい子だよな」

疲れた笑みを浮かべ、聡子に断ると煙草に火を点けた。実希と同じキャメルだった。

「正直、いい子過ぎて、プレッシャーになることもあるよ」

聡子は、ガッツポーズを決めたくなるのを抑えびっくりしたように目を見開いた。

「えーっ！ なんで辛いんですか、幸せなのかと思った」

「そうでもないよ」

彼は突然、とても傲慢で冷たい表情を浮かべた。さっきとは別人のようだ。実希の知らない本当の伊藤先輩。自分にとって心地よいことを追求するあまり、少しでも意に沿わないものは、ばっさり切っていく。聡子が寝た男たちにとてもよく似ていた。

「神保のこと、前から知ってたけどさ、さっぱりしてて男っぽいやつだと思ってたんだよ、ずっと」

その通りだ。女の子らしくて傷つきやすい実希は、ずっと聡子しか知らない一面だったのだ。偉そうに言われると腹が立つ。

「友達の延長みたいな感じでサバサバ付き合えるかなあと思ってたんだけど、上手くはいかないいな」

聡子は、舌打ちを呑み込んだ。バイトが上手くいかなくて、自信欲しさで、ずっと傍にいてくれそうな後輩に手を出しただけだろう、お前は、と思う。伊藤先輩は、批判せずひたすら話を聞いてくれる聡子に気をよくしたようだ。いっそう饒舌《じょうぜつ》になっていく。

「思ったよりテンション高いし。向こうの気持ちが強過ぎて受け止め切れないんだよね。あいつと付き合えば、前の彼女のこと忘れられるかなあ、と思ったんだけどやっぱり無理みたいだなあ」

「へえ……」

「俺のこと一番に考えてくれる優しい子だったんだ。すごく大人でさあ。なんでも先回りして尽くしてくれたんだ。聡子ちゃんみたいにデパートで働いていたんだよ」

「どうして別れちゃったんですか？」

「うーん。色々とすれ違いがあってさ。俺は誤解を解こうと必死だったんだけど、彼女が思い込んだら曲げない人でさ。……でも、やっぱり、あの子が俺のこと一番わかってくれてたんだよなあ。あーあ、こんなことなら別れるんじゃなかったよ」

言った後で、伊藤先輩ははっとした顔をした。

「こんなこと、神保に言わないでね」

小心者は、赤い目で覗き込んでくる。

(唇をゆっくり持ち上げることにしよう)

「言いませんよ」

伊藤先輩は、今ちらっと聡子の鎖骨のあたりを見た。稲妻のような速さだったけれど、確かに女を見る男の目だった。この男にそこまでの図々しさがあるとは予想していなかった。しかし、聡子はこの最低の人間と寝てもいいと思い始めている。

二人の恋を壊したいというより、実希がもう寝ているのかもしれない、この体にどれほどの魅力があるのか、まるでないのか、強烈に知りたくなった。一度試すことができれば、それで十分だ。

16

「だいたい教えたら、二人で食事したこと、ばれちゃうじゃないですか」

グラスはとっくに空なのに、二人とも注文はしなかった。

「仮眠するだけだからさ。なにもしないよ」と、伊藤先輩は三回も言い、聡子はあくびを噛み殺した。しかし、新大久保のラブホテルの受付をくぐり、エレベーターに乗るや否や、彼は飛びついてきた。伊藤先輩のキスが案外普通なのと煙草のにおいが嫌で、聡子はすぐに口を離した。実希の話だと伊藤先輩の舌は蛇《へび》みたいで、口の中の温度がいやらしいほどぬるい、ということなのだけれどむしろ下手な部類ではないだろうか。

「ああー。俺なにやってんだろー」

目の前の伊藤先輩は赤い顔で、照れ笑いのようなものまで浮かべている。

「神保の親友になにやってんだー」

その嬉しさが滲んだ声は、後に彼が「彼女の親友とキスした俺」という武勇伝を実に様々な人に話すことを予想させた。聡子はここぞとばかりに瞳をうるませる。

「そうですよ。大切な彼女がいるのに……。こんなこと、いけないです」

「彼女っていう訳ではないから、まだ。俺、今そういう時期じゃないし」

ひどく早口に彼は言った。その時の表情は、免疫のない実希なら失神してしまうほど、冷酷で浅はかな男の本性がむき出しだった。

（これからすることは保険でもあるのだ）

「マンダリンオリエンタルルーム」と書かれたピンクのドアを押す伊藤先輩の背中を見

つめ、自分に言い聞かせる。

何事もなかったかのように、伊藤先輩が実希のもとに戻り、二人が末永く幸せに付き合ったとしても、聡子には一度でも彼女の男と寝たという自信が残る。小さな勝利を抱きしめて眠ることができる。実希と自分を比べて落ち込むたびに、立ち直るきっかけの核ができる。

気がつくと、聡子は伊藤先輩にベッドに押し倒されていた。彼はひどく興奮していて、目が真っ赤になっている。荒い息が顔にかかり、思わずきつく目を閉じた。めためたと彼の太った舌が体の中に入ってきた。

「全然違うよね。神保と」

伊藤先輩は乱暴に胸をまさぐりながら言う。まるで苛立った子供のような、めちゃくちゃな手つきで、聡子はひたすら意外だった。

「違うって、どこが」

なるべく、息も絶え絶えといった風に聞こえるように注意しながら、彼の背中に手を回した。

「すごく男慣れしてるって感じだよね。すごいよ。すごい」

興奮している真似をしているうちに、今までにないほど体がほどけ、抑えていたものが流れ出していくことに聡子は驚いた。なんの抵抗もなく、伊藤先輩のズボンのジッパーを下ろし、生臭いそれを口でくわえる。

「実希ちゃんとは、こういうことしたの」

聡子は髪を耳にかけながら、ささやく。ぐっとくるはずだ、こういう仕草は。

「し、してないよ」

伊藤先輩は、これまでの余裕をかなぐり捨て、うわずった声をあげる。

「神保とも……、他の誰とも、最後までしたことないよ。だって、俺は――」

聡子は、あやうく歯を立てそうになった。彼に対する違和感の正体がようやくはっきりした。実希はこのことを知っているのだろうか――。聡子は、生真面目なロボットのごとく、伊藤先輩が喜ぶように、頬をすぼめて、顔を上下に動かした。

「神保と君は違うよ。君に比べれば、赤ちゃんだよ。俺がどうしたら喜ぶか、なんにもわかってないんだから――」

伊藤先輩は、あえぐように言い、やがていった。聡子は、口の周りをぬぐうことも忘れ、伊藤先輩の評価にうっとりしていた。こんなことではあるけれど。自分にも実希に勝てる部分はあったのだ。

伊藤先輩は終わるなりてきぱきと下着を身に着け、クリスマス前夜の男の子のようにベッドで身を弾ませている。普通は男の方がぐったりするものなのに——。聡子は枕を抱きしめ、ぼんやりしている。色々と気を遣ったりリードをとったりして、すっかりくたびれてしまったのだ。ふいに腕が伸び、可愛くてたまらないように聡子の髪をなでてきた。軽い腋臭を感じる。振り払いたいが、力が出ない。

「君ってすごいなあ。よっぽど経験あるんだろうなあ。遊んでいるんだろうなあ。すごいよなあ。こういう人、本当にいるんだなあ」

しきりに感心したように言うのが、鬱陶しくて仕方がない。

「神保と、一度だけやりそうになったことがあるんだけどさ」

聞いてもいないのに、伊藤先輩は嬉々としてしゃべり始めた。あの夜の話だ。実希がしていた話を必死で思い出す。

「あいつ、すごい緊張してて、俺どうしていいか、わかんなかったよ。そうか、やっぱり向こうも処女だったんだなあ。そうか」

こんな風にベッドでどうだったか、好きな男に語られてしまう彼女が不憫でならなかった。優越感などではなく、きりきりと胸が痛む悲しさだった。

「でも、伊藤先輩から誘ったんでしょ」

あの日の実希の弾ける笑顔を思い出す。

「違う違う。あいつがどこかで休みたいって言ったんだよ」

伊藤先輩は、本当にきょとんとした顔だ。

「俺、普通に飲みに誘っただけだよ。終電までに帰らせようと思っていたら、いきなりそう言い出してさ。だめだよ、軽々しくそんなこと言うなよ、って怒ったら、あっちから、ずっと好きだったたって告白されて。全然気付かなかったから驚いたなあ。あいつがあんまり頼むから、仕方なくホテルに行った。部屋に入るなり抱きついてきたんだよ」

聡子は、彼に背を向けながら、叫びそうになるのを必死でこらえた。実希もまた、聡子に必死で隠していたことがあったのだ。ああ、そうなのだ。彼女だって女の子なのだ。

「それで、自分からばさばさ服を脱いで『お願いします』なんて、きらきらした顔で言い出して。困るよな。お願いなんて。いきなり丸投げされてもさ。寄りかかられるの苦手なんだよ。だいたい、女の方からグイグイ来られるのってだめなヒトなのにさあ」

耳を塞ぎたくなる。しかし伊藤先輩は、なぜか聡子に聞かせたいらしい。実希に愛などないと主張したいのか。それとも、聡子が彼女に抱くコンプレックスを見抜いたのか。

伊藤先輩は、執拗に話を続けた。

「『私、初めてじゃありません。本当です』なんて、むきになって何度も言うんだ。だけど、指一本触らなかったよ。だってあまりにも重いだろ。そしたら彼女、泣き出すんだよ。『お願いです、嫌いにならないで』だって。追い出すわけにもいかないから、その日は一緒に寝たよ。あいつ、美人なのになあ。なんだか残念な感じだよなあ」

その口調はもう、愛しい女の子を語るものではなく、完全に他人の噂話だった。

目標は達成した。なのに、こんなにむなしいのは何故だろう。

聡子は、眠りこけている伊藤先輩を残し、明け方早々にホテルを後にした。空は少しずつ明るくなっているが、まだ始発も出ていない。無人の明治通りを歩いて新宿駅を目指した。歩いた場所から光っていくようなアスファルトを踏みしめ、くたくたの肉体をのろのろと前に進める。

腰はだるく首が疲れ、舌先に変な味が残っていた。この場に倒れ込んで眠りたい。それでも、この旅はせめてもの実希への罪滅ぼしなんだと言い聞かせる。あの小さなアパートで、伊藤先輩を想いすやすや眠っている彼女を思うと、胸が痛んだ。なんで伊藤先輩なんかが好きなんだろう。なんで私なんかを親友にしているんだろう。

先端が霧に隠れているｄｏｃｏｍｏタワーが近づいてくる。紙くずだらけの職安通りを横切った時、やっと初めてホスト風の男の子とすれ違った。

17

実希が二十二歳になる八月十日、伊藤先輩は店に来なかった。

(私の顔はもう見たくないのだろう)

聡子は、ほっとしていた。彼が予約したチェリータルトは、冷蔵ケースの中で乾いていった。

閉店後、あの腐臭漂う生ゴミ処理室にそれを捨てに行った。

ゴミの上に逆さになって放り込まれたタルトの底を見ながら、聡子は気がついた。

(こんな残り物を実希にあげて、さも友情の証しのように恩に着せていたのだな)

次からは、彼女に持っていくお土産はどこか他の店でちゃんと買おうと思った。

今日、実希はあの男とどんな夜を過ごすのだろうか。

更衣室が入っている雑居ビルを出たら、携帯が鳴った。驚いたことに実希からだった。

「伊藤先輩が来ないの」

消え入りそうな、小さな声だった。聡子はぱちんと頰をぶたれたような気がする。

「ブルーノートのチケットは私が持っているの。もったいないから、今から青山に来ない？」

　こんな時に非人情だが、実希の意外なしぶとさに驚かされた。

18

　初めて訪れた、青山のブルーノートという場所は、音楽を愛する人たちの期待と華やぎに満ちていた。デニムとカットソーの出で立ちを見下ろし、聡子は恥ずかしくなる。

　実希は、恋人に待ちぼうけを食わされている女とは思えないほど、美しかった。クリーム色に薔薇の模様が散るホルターネックのドレスに、ビーズのバッグを持っていた。

　一曲目が始まっても、実希は何度も入り口を見た。まだ彼がやってくるかも、という期待をどうしても捨てきれないのだろう。こうなることを望んでいたのに、いざ迎えてみれば親友の哀れな姿が辛かった。

　ステージに黒人の年配の男性が登場すると、客席が拍手で包まれた。生まれて初めて聴くジャズは、驚くほど心に沁みていった。

「いいね、こういうところも」

　わざと明るく実希にささやいた。彼女は無言だった。

隣にいるのが伊藤先輩でなければ、だめなのだろうか。あの男は、実希が一番傷つくやり方、つまりはっきりと別れを切り出すこともなく、こうして約束を忘れたり、無視をしたりして、少しずつ離れていこうとしているというのに。

彼女の白く冷たい手をそっと握った。

「怒らせたのかな、嫌われたのかな」

実希は鼻にかかった声でつぶやいた。

「そんなことないよ」

「わかってるんでしょ、聡子ちゃんも」

実希は、突然聡子を睨みつけた。

「聡子ちゃんくらい恋愛経験あればわかるでしょ。伊藤先輩、私のことなんて別に好きじゃないんだよ。あの人、弱いから、好きだって言ってくる女を拒めないだけなんだよ」

聡子は、思わず目をつむった。ここまでわかっていて、なんであの男を好きになるのか。無言の問いかけに答えるように、実希は声を振り絞った。

「でも好きなの。あの人以外、いいと思える人なんていないの。聡子ちゃんみたいに次々好きな人出てこないもの。私、変なんだよ。変だから、嫌われたんだ」

実希の肩を抱いて、彼女の濡れた瞳を見た。本当のことを話すのは、十年の付き合いの中で初めてかもしれない。

「変じゃないよ。そんなにすぐ好きな人なんて出てこないのが普通だよ」

彼女が濡れた睫を上げた。

「少なくとも私はまだ出会っていない。好きになってもらったこともたぶんないよ」

実希はぽかんと口を開き、涙を流すのをやめ、こちらを見つめている。聡子は笑ってもう一度、彼女の肩を抱いた。

「私がいるよ。二人でもっと遊ぼうよ。こういうお店とか、綺麗にして行こうよ。伊藤先輩なんかといるより、楽しいと思うよ」

実希は聡子を見つめ、やっと少し笑った。その表情の変化に聡子は心からほっとした。その夜、聡子は彼女の家に泊まった。二人は、クララとハイジのように手をつないで眠った。実希が何度もはなをすするので聡子は眠れなかった。親友を守ろうと強く誓った。

19

昼休み中、携帯電話が鳴った。調味料と油の香りで、むんむんと暑い社員食堂で、聡子は食後のコーヒーを飲んでいた。知らない電話番号が表示されている。

「もしもし、俺だけど――」

通話ボタンを押すなり、ぞっとした。伊藤先輩に連絡先など教えていない。一週間前、彼をホテルに置き去りにし、部屋を出たきりだ。

「何で番号わかったの」

伊藤先輩は、思いのほか冷たい聡子の声に戸惑っているようだ。

「先週、神保と昼飯行った時、あいつの携帯、見たんだよ。トイレに立った時」

悪気のない声に、胃液がこみ上げてくる。

「それで？」

「それで、って……」

ややあって、伊藤先輩は少し照れ笑いさえしながらこう言った。

「また会えないかなあ、って。俺、君のことが好きになってきたみたいなんだな。うん」

聡子は、大きく息を吐いた。電話の向こうには、媚びるような沈黙が流れている。食堂を見渡した。聡子の昼休みの始まりは他人より遅いので、周辺は空いている。息を吸い一息に言い放った。

「驚いちゃった、実希ちゃんがあんまりキスが上手いとか、触り方がすごいとか言うから、どんなセックスするかと思ったら、二十八にもなって童貞なんだもん。気持ち悪ーい」

わざと乾いた笑い声をたてる。

「実希ちゃんをフってくれたみたいでよかったよ。あんたなんかと付き合ったら私の親友が可哀想」

ひんやりとした空気が流れた。荒い息が聞こえ、電話は切れた。聡子は、携帯をぱきっと折り畳み、コーヒーを流し込んだ。

20

お盆に入ると、売り場が忙しく、実希とは一週間ほど会えなかった。

実希はわざわざ聡子の仕事が終わる時間に新宿に来てくれた。サザンテラスのスターバックスで待ち合わせる。久しぶりに会う彼女は少し痩せ、随分大人びて見えた。聡子たちは、伊藤先輩の話題を避け、何でもない世間話をした。

「聡子ちゃん、お願いがあるんだけど」

突然、実希は子猫のように肩をくねらせながら、聡子を覗き見た。

「あのね。誰か紹介して」

びっくりしている聡子に、実希は頬を赤らめ早口でこう続けた。

「合コンっていうか、紹介っていうか、男の子の友達をいっぱい作りたいんだよね」

実希の似合わない上目遣いを見つめながら、たった今彼女のことを綺麗だと感じなくなったことに、愕然《がくぜん》とする。

「えー。伊藤先輩、もういいの？」

聡子は努めて明るい声をあげた。実希はたちまち表情を曇らせ、彼女の気持ちを害したことを知る。

「そりゃ、まだ嫌いにはなれないけど」

彼女は聡子から視線を外した。

「そんなことにこだわってたら、彼氏なんて一生できないじゃん」

窓ガラス越しにはゆっくりと夕闇が広がり始め、聡子は市橋君や伊藤先輩と、同じような時刻に新宿にいたことを急に思い出した。実希は、聡子があきれているように見えたのか、それとも自分自身を急に恥ずかしく思ったのか、弁解するようにまくしたてた。

「この一週間、考えたんだよね。負け惜しみじゃなくて、もし、あのまま伊藤先輩と付き合っても、あんまり幸せにはなれないんだろうなって。そりゃ彼のこと好きだけど、あの人って、自分のことしか考えられない人じゃん。子供じゃん。前の彼女が見限ったのも納得だよ。付き合っていても、私が気を遣ってばっかりで、心の安定なんてないと思うのよ」

実希の唇は、小鳥のようにピチピチと動く。そこだけ見ていると、違う生き物みたいだ。伊藤先輩の言葉やにおいを反芻《はんすう》して、なだらかに曲線を描いていた唇とは違う。彼女の言っていることは正しい。でも、こんな実希は好きじゃない。飲み終わったカフェラテの、汚れた氷を見つめた。

自分と違って傷がふさがるまで、ゆっくり待つだけの強さがあると信じていたのに。

「聡子ちゃん、ミヨとそういうの、しょっちゅうやってるじゃん。私にもセッティングして。ねえ、誰か紹介してよ。別にかっこ良くなくていいの、優しい人なら誰でもいい」

極力なんでもないという風に、聡子の肩に手を置きながらも、彼女の目はすがるように必死だ。聡子はもう少しで適当な男の名前を口にするところだったが、なんとかこらえた。意地悪な気持ちからではない。自分のように、好きでもない男を早く好きになるために、お洒落をしたり、はしゃいだふりをする彼女を、隣で見ているのは絶対に耐えられないだろうと思ったからだ。伊藤先輩に恋をしていた彼女を見るより、はるかに辛いに違いない。

「実希、ごめんね」

聡子は極力明るく言う。

「誰かに誰かを紹介とか、そういうの苦手なんだ。ていうか、紹介するほど、男の知り合いいないし」

実希の笑顔は、蠟《ろう》で固めたようになった。しばらく聡子の目を見た後、キャラメルフラペチーノのストローに口をつける。それは聡子のカップよりはるかに早く空になっていたものだから、氷が吸い上げられるがしゃがしゃした雑音が聞こえるばかりだった。

「うん、わかった」

実希は、窓の外ですれ違う山手線を見つめている。

「ミヨに相談してみようかな」

「そうだね。それがいいよ」

その夏、実希に会った最後だった。

21

実希が就職試験を受けるという。聡子はそれを、八月の終わりに自宅に来た電話で知った。結局二人でどこかに行くこともなく、夏は終わろうとしていた。風呂上がりの聡子は洗いっぱなしの髪をタオルでぬぐいながら、久しぶりに聞く彼女の声を取りこぼすまいと、子機に頭を傾ける。

「えっ、大学院を受けるんじゃないの」

「ううん」

実希は、短く答えた。

「別にあきらめたわけじゃなくて、ほら、院の試験は来年の春にもあるでしょう。だから、試しに父の勤めている大学の事務局、受けてみようかなあって思って」

髪はいつまで経っても乾かない。毛先からしたたる雫《しずく》がフローリングの床に、小さな水溜まりを作る。仲の悪い父親のコネを彼女が使うなんて。

「でもほら、実希ちゃん、フランス文学とか勉強したいって言ってたじゃん」

「それはさ」

彼女は苛々しているようだ。

「あきらめたわけじゃなくて、一応、就職試験も受けておこうって言っているだけ」

実希の言い分に納得したいあまり、聡子は無言になってしまった。ひょっとして、もう何もかもどうでもよくなってしまったのだろうか。彼女のカンに障らなそうな言葉を必死で探した。

「あのさ、実希ちゃん、あんまり焦らない方がいいんじゃないかな」

見事に選び間違えたことを、実希の次の言葉で知る。

「焦る？　なにそれ、どういうこと」

彼女の声はかつてないほど、鋭く冷えていた。

「私が、焦ってるって言いたいわけ？」

まずい、どうしよう。この感じはよく知っている。男が離れていく時に似ている。頑張れば頑張るほど嫌われてしまう、あの感じ。

「そんなこと言ってないけど、ほら、伊藤先輩と別れたばっかだし」

口の中でぼそぼそとつぶやいた。実希はやや甲高い声で、

「そりゃそうよ、まだ立ち直ってないよ」

と即座に言い返した。

「だから、ちょっとでも、先に進もう、とか成長しようって、頑張っているんじゃない」

男を紹介しなかった時から、実希がずっと怒りを募らせていたことを知っている。でも、今の実希はやっぱりおかしいと思う。それを上手く言えないのが、地団太を踏みたいほどもどかしい。

もっと言葉を尽くして気持ちを伝える生き方を選んできたら、こんなに気まずい沈黙を迎えることはなかったのに。濡れた髪がひんやりしていくのを感じながら、裸の足元を見つめる。

「聡子ちゃんみたいに、楽なことしかしてない人に、そんな風に言われたくない」

実希は、とにかく勉強があるから当分会えない、と口早に言うと電話を切った。ツーツーという音をしばらく聞いた後、聡子は生まれて初めて髪を濡らしたままベッドに潜り込んだ。明日の朝は、髪はごわごわのぱさぱさだろう。体はいつまでも冷たくて、なかなか眠れなかった。

22

九月の終わりに実希は実家に帰っていった。

引っ越しを告げられたのは、その数日前だった。就職試験に受かったの、と実希は、何でもないことのように告げた。携帯電話越しに聞く彼女の声は久しぶりのせいか、なんだかやけに落ち着いている。

「やったあ。おめでとう」

聡子は、千歳船橋駅の改札を通り抜けながら、大げさに明るく言った。もうコネ就職だろうと、なんだろうとなんでもいい。彼女が聡子を必要としている事実が、躍り上がるほど嬉しかったのだ。この電話ですべては思い過ごしであると証明された。これから久々に家に行ってもいいかなあと口にしかけた瞬間、実希は早口で言った。

「今月末から実家に帰ろうと思うんだ」

一瞬、意味がわからなかった。実希は沈黙を怒りだと勘違いしたらしい。慌てたように付け足した。

「ごめんね。急にこんなこと言って」

急な引っ越しの事情を説明し始めるが、ほとんど頭に入ってこない。ショックなはずなのに、どこかほっとしてもいた。同じ街に住んでいるのに、ひと月半もメールだけだ。すぐ近くで来ない返事を待つのは辛い。それならば、いっそ目の届かないところで楽しく暮らして欲しい。

「そっかあ、寂しくなるよ」

「何言ってんの、近くじゃん、高校の時みたいに遊びに来てね」

「うん、じゃ、荷造りとか手伝うよ。お別れパーティーもやりたいし」

聡子はこれでも楽しそうに話しているつもりだ。

「え？　なんか、そこ電波悪いよー。引っ越し当日にママがうちに来るから、聡子ちゃんもその時来ればいいじゃない」

携帯の向こうでこの電話を早く終わらせようとする声がした。

23

実希が街を去ったその日、聡子は合鍵で彼女の部屋に忍び込んだ。がらんとした空間が広がっていた。かすかに実希の体臭とブイヨン、キャメルの香りが漂っている。カーテンが取り払われた窓から、曇りの日の弱い陽が差し込み、室内の埃がきらきらと輝いていた。

二時間前、聡子は実希の荷造りや掃除を手伝った。彼女の母親が一緒だったため、ほとんど話ができなかった。さっき、実希は母親の運転するプリウスに乗り込み、助手席から手を振った。

「じゃあねえ。また連絡する」

実希は、すぐに頭をひっ込めた。しかし、聡子はプリウスが見えなくなるまで手を振り続けた。

もしかしたら、聡子が伊藤先輩と寝たことを、彼女は知っているのかもしれない――。

自宅に帰って家族の前で元気よく振る舞う気力は、微塵も残されていなかった。一人になれる場所はここだけだった。

お風呂場に入った。バスタブに腰かけて、綺麗に磨かれた天井を見上げた。湿った空気に、いっそう強く実希の気配を感じる。彼女のシャンプーやせっけんのにおい。洗面台の上にはコップの底の跡がくっきりと残っている。

彼女の体を思い浮かべようと試みた。しかし、高校の修学旅行以来、一度も彼女の裸を見ていないことに気がついた。二人は、お互いの家や近所で遊ぶばかりで温泉やプールに行くことがなかったのだ。

涙がようやく溢れてきた。

もう彼女の裸を見ることもない。乾いたバスタブの底に丸い涙が綺麗に盛り上がっている。もう会うことはないだろう。

それでも、この部屋を出るまで聡子たちはまだ友達だ。

聡子は、バスタブを這《は》い出し、お風呂場を出た。涙をぬぐう。この狭い部屋のすべてを目に焼き付けようと、うろうろと歩き回った。部屋が少しずつ闇に浸されていく。

24

その週末、職場の飲み会があった。二次会のカラオケは市橋君の独擅場だった。体を傾けて叫ぶようにして歌うパフォーマンスはうんざりする。

突然、切ないような爽やかなイントロが聞こえてきた。画面には「松任谷由実 Hello, my friend」とある。

「あ、あたしだ、あたし」

鈴原さんは烏龍ハイをぐっと飲み干すとマイクをつかみ、市橋君を押しのけて歌い始めた。カラオケビデオに登場したのは、海辺ではしゃぐ二人の女の子だった。

Hello, my friend　君に恋した夏があったね　みじかくて　気まぐれな夏だったこのフレンドとは異性なのか、同性なのか。そんなことはどうでもよかった。ビデオの二人は水をかけ合って笑っていた。

もう二度と　会えなくても　友達と呼ばせて

「ちょっとトイレ」

そうつぶやくとブースを後にする。トイレに向かう狭い通路の途中で、カルピスサワーを立て続けに飲んだせいもあり、がっくりと腰を下ろした。壁に背を預ける。

今までの男たちとの別れをうっすらと思い出す。聡子はそのたびに実希の前で泣いた。でも、この別ればかりは、誰にも話すことができない。誰かの前で泣くこともできない。

「あんた、こんなところで何泣いてるのよ」

目を上げると、鈴原さんがいた。こうして間近で見ると、彼女はなかなか美人だ。デパートの蛍光灯の冷たい色は、誰の顔でもくすませるのかもしれない。彼女の言葉で、聡子は頰を伝うものに気がついた。

気がつくと、無人のブースのソファに横たわっていた。傍には鈴原さんが座っていた。

遠くから市橋君の歌声が聞こえることから判断すると、隣の隣くらいのブースなのだろう。

「あんたがつぶれてるっていうのに、のんきに歌ってるよ。あいつ」

と鈴原さんは言い、手にしていたトートバッグから小さな白い水筒を取り出した。彼女は水筒のキャップ部分を外すと、お茶を注ぎ聡子に差し出した。薄暗闇の中でそれは白い湯気を立て、香ばしい香りを漂わせていた。カラオケボックスで熱いものなんてと思いつつお礼を言い一口飲んだ。

「美味しい」

ほうじ茶だった。驚いたことに、停滞していた頭と体がいっぺんに動き出す。

「熱いお茶なんて久しぶり」

「それよくないのよ。あんたが飲んでいるの、ペットボトルの冷たいものばっかじゃない。冷え性のくせに」

「あ、わかります？」

「わかるわよ。あんたって、なんかこう、体が冷えてて、腰の据わらない感じだもん。不安そうでさー。誰かなんとかしてください、みたいなー。だからモテるんでしょうけどね。あー、羨ましい」

鈴原さんは煙草に火を点けると、身を乗り出した。

「誰のことで泣いてるの？　好きな男のせいでしょ」

声がからりとして、詮索《せんさく》につきものの、湿った感じがまるでない。そうか、私は好きな男を思って、泣いているように見えるのか。

「あたしも冷えやすいたちだから、こうやって毎日水筒を持ち歩いてんの」

返事を待たずに、彼女は煙草の煙を吐き出した。

「そういう小さい自分だけのルール、あんたみたいな子は、少しずつ作っていくといいよね」

思わず、キャップから赤くなった鼻を離した。今の自分に必要なことは、すべて彼女が知っている気がした。自分だけのルール。自然に口が開いた。

「このお茶の葉どこで売ってるのか教えてもらえませんか？」

もしかしたら、このお茶の銘柄が、聡子の最初のルールになるかもしれない。このからっぽの心のよりどころになるかもしれない。たった一人でも、日常を満たしていくことはできるのかもしれない。

鈴原さんの日に焼けた頬が、ゆっくりと持ち上がっていく。聡子は、手足にじわじわと血が巡り始めるのを感じていた。

伊藤くんD

都心のそこかしこに、悪い思い出が詰まっている。だから、この一年間できるだけ、横浜から出ないようにしていたのに。

パークハイアット四十七階「クラブオンザパーク」のプールは四方をガラス窓に囲まれた高天井の広々とした空間で、新宿の夜景をたっぷりと取り込んでいる。

無人のプールをゆっくりと背泳ぎしながら、神保実希は星のない八月の夜空を存分に目に焼き付けた。こんな場所にはもう二度と来られないかもしれない。私立女子校の中高六年間水泳部に所属していたせいか、塩素の香りを嗅ぐと心が落ち着く。澄んだ水音がかすかにこだました。

プールサイドの掛け時計が目に入った。あと数時間以内に二十三歳になる。一年前の誕生日の苦い記憶がじわじわと蘇ってきて、実希は慌てて体を返すと、そのまま深くまでずぶずぶと潜った。

明日の朝には二十三年間付き合ってきた処女とお別れしているなんて、信じられない気持ちだ。それも相手は好きでもなんでもない、元サークルの同級生、クズケンこと久住健太郎《ずみけんたろう》なんかと。これでいいのか、という思いと、いや、後戻りすまい、という決意がないまぜになって胸が苦しい。水面に顔を出すと大きく息を吸い、手足の力を抜いた。

　水にぷかりと漂う自分の体はとても軽く、薄く感じられる。胃や心臓なんてどこにも存在しない、からっぽの空気人形みたいだ。あれほど重い女だと疎んじられたのが、嘘のように思われる。伊藤先輩は自分のどこをどう見て、息苦しさや重圧を感じたのだろうか。細心の注意を払って、神経を研ぎ澄ませ、負担にならない言動を心がけていたのに。一年経つ今も実希にはよくわからない。

――俺、処女の子ってダメなんだよな。

　出来の悪い塾の教え子に暗記させるかのように、伊藤先輩はあの夜、繰り返し、繰り返し、そう言った。まるでとっくに死んでいる体を、なおもナイフでめった刺しするかのような残忍さで。酷薄な顔つきは口惜しいけれど素敵だった。眉間によせた皺が彫りの深い顔立ちのアクセントになって、彼をよりいっそう知的に見せていた。

――神保が嫌いっていうわけじゃない。処女なところが……、重たいところがダメなんだよ。

　じゃあ、処女を捨ててくればちゃんと付き合ってくれるんですか、と詰め寄ったら、

――そういう必死で余裕のないところも苦手なんだよなあ。

と、長いため息をついた後で、

――ちょっと考えてみる。待っててくれる?

投げやりに言い放ったっけ。あれきり返事はもらえていない。

先輩との関係は、昨年の夏、ひと月とちょっと続いただけだ。大学生活四年間を通して一途に思い続けたことへのご褒美のような、ほんのわずかな時間だった。でも、実希にとっては今なお、あの期間が人生のすべてである。それまでの生活が色あせて、遠くに押しやられてしまうほど、毎日が輝き過ぎていた。いささか不安になるほどの、酔っ払っているような楽しさだった。好きな男の傍にいるだけであんなにも心が満たされるだなんて、どんな小説や映画も教えてくれなかった。彼のために化粧をしたり料理を作るたび、自分がたおやかな女性に生まれ変わっていく気がした。先輩の連れていってくれるカフェや美術館では、一滴一滴が自分の栄養となっていくような充実した時を過ごした。つないだ手の温かさや、キスした時の唇の柔らかさは、今でも思い出すだけで涙が滲む。

終わりは唐突で、約束していた実希の誕生日デートをすっぽかされた。つい数日前まではこの上なく優しかったのに、わけがわからなかった。彼が自分に会いたくないなんて思いもよらず、身に何か起きたのではないか、と心配で胸が張り裂けそうだった。その晩は何度電話をしても連絡が取れず、翌日メールがやっと届いた。

——俺、この通りの人間だから、相手の人生なんて背負えないし、自分のことで今はいっぱいいっぱいなんだよ。テレビ局のアルバイトと脚本家の勉強でとても忙しい。君みたいなタイプとちゃんと付き合っていく自信もない。

会って話したい、という要求は最初、突っぱねられた。何か誤解があるのでは、と、バイトも授業も休んで考え続け、どうしても顔が見たくて、伊藤先輩のバイト先で待ち伏せをしたら、本気で怖がられた。難しい顔で黙り込み、決定打となる言葉を口にしようとしない伊藤先輩を、実希は泣きながら全身全霊で追い詰めた。こちらの必死さに負けたのか、とうとう、重いところが嫌だ、処女が嫌だ、と宣告された。

自分から引き出した言葉とはいえ、大好きだった伊藤先輩にはっきり拒絶されたことで、実希の中で何かが壊れた。普通の女の子のように、次から次へと人を好きになれない自分の一途さは歯がゆくもあったが、いとおしくもあったのに、もはや嫌悪の対象でしかない。胃がつかえ、とうとう食事もできなくなった。

この苦しみから一刻も早く解放されたい。何日も泣き暮らした後でようやく這い上がった。男なら誰でもいいから、すぐに彼氏が欲しい。処女を捨てたい。軽くなりたい。それまでの実希は、合コンなんて大嫌いだったし周囲の恋愛話にも冷めたスタンスをとっていた。処女だということに特に焦りも抱いていなかった。

——お願い、男の人を紹介して。誰でもいい。優しい人なら。

フラれてから突然、がつがつと出会いを求めるようになった自分に、周りが引いていたのはわかる。とりわけ親友の相田聡子は、批判こそ口にはしないが、はっきりと当惑と嫌悪感を浮かべていた。なんであんな女の子に、軽蔑されなければならないのだろう、と実希は怒りとともに、八月の終わりに電話で話した時の彼女を思い出す。いかにもこわごわといった様子で、聡子は薄笑いさえ滲ませてこう言ったのだ。

——あんまり焦らない方がいいんじゃないかな。

あんな侮辱は後にも先にも受けたことがない——。

恥ずかしさとみじめさがないまぜになって、一瞬にして彼女がこの世で一番疎ましい存在へと変わった。これまでどれだけ、くだらない恋愛話に我慢して付き合ってきてやったと思っているのだろう。男がいなければ一時たりとも過ごせない聡子にあきれることもあったけれど、根は素直でいい子だと知っていたから、決して批判はしなかったのに。中高時代、同級生が陰で彼女の悪口を言っていた時も、絶対に参加はしなかった。

それなのに、生まれて初めての失恋で苦しんでいる自分に、何故こうも思いやりのないことを言うのだろう。今まで押し殺していた感情が一気に爆発した。引っ越してから連絡をしていない。もう最初から居なかったことにしてしまおう、と勝手に考えている。

聡子ばかりではない。何もかもが面倒で煩わしくなった。サークルも卒論も授業も院の受験勉強も、全部を放り出した。途中で逃げ出すなんて、これまでの自分なら絶対に考えられないことだった。もともと父親に猛反対されていた大学を選んだため、高校卒業と同時に家を出る他なく、少ない仕送りで切り詰めた暮らしをしていたのだ。時間も経済もギリギリの中、頑張っていたのに、たった一度の失恋で糸が切れた。

横浜の実家に戻ることに躊躇《ちゅうちょ》はなかった。一人で居ること、一人で何かに取り組むことがもはや耐えがたかった。もともと、母との折り合いは悪くない。厳格な父までが娘の帰宅をとても喜び、別人のように優しく、こんなことだったらもっと早く泣きつけばよかった、と思ったほどだった。単位はすでに修得していたから、キャンパスに行く必要もなく、卒論を書かずとも卒業できた。家賃や締め切りや課題の心配がなくなると、途端に呼吸が楽になったのは事実だった。母の手作りの食事を一日三回摂り、近所を散歩したり、読書したりという生活で少しずつ傷は癒えた。父が教授を務める女子大で、この春から教務課の職員として働き始め、今に至る。

あの後、伊藤先輩には三回しか会ってもらえていない。こちらから何度も頼み込んで、横浜まで来てもらってお茶を飲んだだけだ。先輩は割と機嫌が良さそうに見えたけれど、二人の関係に言及することは決してなく、甘い空気は跡形もなく消えていた。実希のことは昔のように仲の良い後輩として扱い、テレビ局の仕事の愚痴や有名なプロデューサーと親しくなったことなどを自慢し、日が落ちる前に帰ってしまった。嫌われているわけではなさそうだが、電話をかけてもすぐ切られてしまうし、メールもほとんど返ってこない。先輩はあの期間をなかったことにしているのだ、とようやく気付き、こちらから連絡するのをやめた。

それでも、伊藤先輩との日々はまったく色あせない。それどころか、もう一度やり直せないのか、という欲が日増しに大きくなり、以前は莫迦にしていた恋愛ハウツーエッセイを手に取るまでになった。サークルのOGでもあるシナリオライター、矢崎莉桜が書いた『ヒロインみたいな恋しよう！』は一番よく熟読している本で、それによれば、タイミングさえ上手く計れば、昔の恋人とよりを戻すのはさほど難しいことではないらしい。そんな一文で心を慰められるほどに、気持ちは消えていなかった。

簡単に伊藤先輩を嫌いになれたら、どんなにいいだろう。フラれてから、実希はいわば余生を生きているような気分だった。勤務先で、異性に誘われることもあるし、出会いがないわけではない。洗いっぱなしの髪にそっけない眼鏡をかけ、化粧気がないのにもかかわらず、昔からよく美人だ、と褒められる。スタイルだって悪くない。頭の回転も速く、自他ともに認める努力家だ。自分の何がそんなに伊藤先輩に疎まれるのだろう。数カ月考え続け、ようやく結論が出た。

　おそらく自分のような女は、一人の男にすべての情熱を注いではいけない。分散させる受け皿が必要なのだ。伊藤先輩も言っていたように、やはり、処女を捨てるしかない。すべてはそこから。ならば一刻も早い方がいい。おそらく、クズケンはそのゴミ捨て場としてこれ以上ないほどうってつけの人材だった。

　プールからざぶりと上がると、途端に身震いするほどの寒さを感じた。水の中の温度に慣らされた肌は、ぶつぶつと醜く粟立っている。一応、男と肌を合わせる礼儀として、少しでも美しい状態に持っていかねばならないだろう。重たいバスローブを羽織ると、プールサイドを横切り、専用のエレベーターで更衣室に移動する。大理石のジャグジーで体を温め、備え付けの高級クリームでゆっくりとマッサージし、すべすべした肌に整えた。ピッチャーに満たされたレモンが浮かんだ水を一口飲み、時計を見上げると、そろそろ九時半だ。

　クズケンが、お台場のテレビ局の打ち合わせから直にやってくると言っていた時刻だった。そろそろ部屋に戻って化粧をしておいた方がいいかもしれない。コンタクトも入れておきたい。この日のために購入した、黒いレースの下着を身に着ける。クズケンの好みはよくわからないので、極力わかりやすいセクシーさを心がけた。さらりとした素材のストライプのシャツワンピースに着替え、眼鏡をかけた。更衣室を出、カウンターに預けておいたルームキーを受け取る。ロビー階でエレベーターを乗り継ぎ、部屋のある四十三階を目指した。

エレベーターに乗り込むなり、ばったりとクズケンに出くわした。大学卒業以来、つまり四カ月ぶりの再会とはいえ、まじまじと見つめてしまう。この男とこれから体を重ねるというのが、なんだか冗談のような気がしてくる。改めて、少しも好みなところがない。背があまり高くない上、見るからに軽薄そのものではないか。よく見れば、筋肉質の引き締まった体に、整った精悍な顔立ちをしているのに何故、坊主頭になんかしているのだろう。若いヤクザのように見えるクズケンは、道を歩いているだけでものすごく目立つ。大学で彼がちょっとした有名人だったのは、なにも学生の身分ですでに売れっ子放送作家だったからばかりではない。

「お、今日なんか色っぽいじゃん。髪がちょっと濡れてる……」

いきなり、太い指がこちらの首筋に伸びてくるものだから、どきりとして身をよじる。異性に触れられることにあまり免疫がないのだ。

「プール行ったのか。俺が来るまでに、ホテルを満喫したみたいだな。名前だけですぐ部屋に入れた？　実家で冴えないニートライフ送ってるわりには器量が落ちてねーじゃん。へー」

学生の頃よりはるかにぶしつけな視線が、首筋や耳たぶに絡みつく。いつもなら軽くあしらえるのに、四角い箱に流れる空気は何故か湿っていて重い。必死でペースを取り戻そうと、点滅する階数の数字に気を取られているふりをし、ぶっきらぼうに言った。

「ニートじゃないよ。女子大で働いているし……」

「な、このまま最上階まで行こうよ。ニューヨークグリルを予約したんだ。メシ食おう。それでとっととやっちゃおうぜ！　オラ、早くやらせろ！」

腰をピシャリと叩かれて顔をしかめつつ、いつもの彼にほっとしていた。「やらせろ」はクズケンの挨拶というか口癖のようなもので、大抵の女の子に対して平等に発せられるので、重みがなくていい。相手をとっかえひっかえし、誰一人として長続きしたことがないのだ。クズケンの前で女の子が泣いているのを見るのは、もはや学食の風景の一部だった。伊藤先輩の言っていたことが、ほんの少し理解できる気がする。軽いということは、時に相手の負担を減らしてくれるのだ。

本当は部屋に戻ってちゃんと身支度を整えたかったが、そうしたらクズケンがついてくるだろう。

まだ、彼と密室に二人きりになるには、心の準備ができていない。別に恋人ではないのだし、お洒落をしても意味がない、と言い聞かせ、このまま食事に向かうことにした。そもそもクズケンだって、トレードマークのアロハシャツ、短パンに斜めがけの布バッグという、海にでも行くような出で立ちをしているのだから、こちらが張り込んでも、不釣り合いだろう。

去年の誕生日とはまるで違う――。あの時は伊藤先輩と初めての夜になると思っていたから、お洒落やダイエットに余念がなかった。ネットで競り落としたブランド物のワンピースにクラッチバッグを合わせ、いそいそと青山に向かった自分のなんと健気だったことか。

エレベーターの扉が左右にゆるやかに開く。まばゆいばかりの新宿の夜景が飛び込んできて、実希は目を見張る。きりりとしたパンツスーツ姿の女性に案内され、天井の高いバーを横切り、レストランに向かった。白人の女性ボーカルと黒人ピアニストによる「ララバイ・オブ・バードランド」の生演奏に、客たちが耳を傾けている。去年の誕生日、伊藤先輩にすっぽかされたブルーノートで演奏されていたのと同じ曲で、実希はどきりとした。店の照明が暗い分、四方を取り巻くイルミネーションがいっそう輝き、まるで夜空にレストランが浮かんでいるみたい。テーブルの間を横切るウェイターの身のこなしから調度品、客の着けている時計まで、すべてが舞台上の演出みたいに整ってい て、時間がビロードのようになめらかに流れている。ほんの数時間前までの日常生活が全部幻に思えるような、贅をこらした空間だった。

まだ自分には早い——。そんな後ろめたさすら感じてしまう。

「こういうとこ、よく来るの」

窓際の席に案内されるなり、実希は向かいのクズケンにささやいた。周囲は観光目的らしい外国人客や熟年カップルばかりで、こんなに若い組み合わせは他に見当たらない。いくらクズケンの収入が同級生の中で抜群にいいからと言って、これほどのお店にそう何度も通えるものだろうか。メニューをゆったりとめくる彼は、やけに場慣れして見えた。大学一年生の頃からそうだった。クズケンは常に、ドラマ研究会の、いや大学全体の、誰よりも先を歩いていた。矢崎莉桜の事務所に出入りするうちに、彼女に気に入られアシスタントを務めるようになり、気付けば人気バラエティの構成を任されるようになっていた。周囲が進路や就職に焦っている時も、一人悠々とパソコンを抱えて学校とテレビ局を往復していた。

「仕事の打ち合わせで、食事だけだよ。泊まるのは初めて。なんつっても今日はお前の記念日なんだから、多少は張り込まないと」

「いいのに、こんなにしてくれなくても……」

「こっちだって、彼氏でもないのにお前の処女もらうんだぞ。これくらいしないと、逆に気ぃ遣うわ。一度泊まってみたかったのは本当だし」

「でも、なんか悪いよ。いいのに、普通のラブ……」

ラブホテルと言いかけ、実希は慌てて唇を引き締める。

周りに聞かれやしないかと不安になったのだが、誰もがバーの生演奏に聴き惚れていて、二人のやりとりなど気にも留めていなかった。シャンパンが運ばれてきて、グラスを合わせる。澄んだ音がピアノと歌声の狭間に分け入った。クズケンとはこれまで何度もお酒を飲んだことはあるけれど、サークルの集まりで使う安居酒屋がほとんどだし、一対一なのも初めてだった。どうにも落ち着かず、照れくさい。

「少し早いけど、誕生日おめでとうな」

「ありがとう」

もし、ここに居るのが伊藤先輩だったら、どんなに――。そんな思いを、口の中でプチプチと弾ける泡と一緒に飲み下す。

やがてクズケンのチョイスによる、入り組んだ構造の貝の形のパスタ、ミスジと呼ばれる部分のステーキ、伊勢エビを焼いたものが次々に並んだ。そのどれもがうっすら目が濡れるほどの味わいだった。特に手打ちのパスタは舌に吸い付くようなもっちりとした柔らかさで、嚙み締めるたびにクリームソースが溢れ出す。素直に感想を告げると、クズケンは案外と無邪気に頰をほころばせた。この見事な景色や食事と引き換えに抱かれるのだと思うと、むしろ気楽になってきて、実希はシャンパングラスを次々に重ねた。

「俺の女好きはさ、たぶん父親ゆずりなんだよな」

クズケンが家族の話をするのなんて初めてではないだろうか。

「へー、クズケンのお父さんってどんな人？」

「俺、父親の顔知らないから……」

「あ、ごめん」

「あ、今、キュンときただろ。単純だな。バーカ」

クズケンは悪ガキのようににやにやした。薄闇にはっきり浮かぶくらいに前歯が白くて、野蛮な感じがした。

「うそうそ、知ってるよ。浮気して母ちゃん泣かせて、追い出されて、今では横浜の女子大の教授になってるらしい」

「え……？　それって……」

思わずどきりとして顔を上げると、クズケンは神妙な面持ちでステーキに目を落としている。

「そう俺とお前は、兄妹なんだ……。だから愛し合うことはできない……。なんてな！嘘、嘘！『愛とは決して後悔しないこと』みたいだろ」

クズケンは美味しそうに肉を頬張り、一人でくすくす笑っている。

「なによ、それ」

「大塚寧々主演のドラマだよ！　なんだよ、お前、本当テレビ見ないで育ったんだな。九〇年代のドラマは傑作揃いだぞ。俺のオヤジは脱サラして会社を立ち上げてつぶし、今はまた別の若い女に食わせてもらってるんだって」

莫迦莫迦しくなって、実希は窓の外に目を逸らす。

代々木公園が驚くほどの面積で、黒々とした闇をたたえている。甲州街道の光の洪水は天の川みたいだ。あのきらめきのように軽やかになりたい、と祈りに似た強さで思う。身軽になりたい。どんなに食欲がなくてもひょいと手が伸びるラングドシャやパイ菓子みたいに。中身なんて感じさせない、ひらひらと舞いいつも笑っているような、花びらや羽根のような女に。町ですれ違う、流行の服に身を包んだ名前もないあの子たち。そう、聡子みたいに——。こちらの様子にお構いなく、クズケンは気持ちよさそうにしゃべり続けている。

「とにかくさ、オヤジの生き方を反面教師にして学んだわけ。若いっつっても、あと七十年くらいでどうせ俺たち死ぬわけじゃん。だったら我慢するのとか意味なくねえ？　これをするのが早いとか遅いとかもないわけよ。欲しいものはすぐに手に入れないと」

クズケンの考え方は、今の実希には眩し過ぎた。思いついたら即行動、徹夜も厭わず、遊んでいるように見えて膨大な量の調べ物を淡々とこなす彼が、あっという間に社会に必要とされる人材になったのは当然だと思う。でも、今はそんなエネルギー、とても出そうにない。誰もがそんな風になれるわけじゃない。クズケンと居ると時々みじめになるから、サークルで一緒に騒いでいても、どこかで線引きして付き合っていたことを、ふと思い出す。

「だから、お前もさあ、地元でくすぶってないで、またこっち出てこいよ。大学院だってまた受ければいいじゃん」

そうだよね、と一応うなずき、ナイフとフォークを皿に置く。東京でまた一人で生きていくなんて、とても想像できなかった。アメリカ式の料理はボリュームたっぷりで、大好きなデザートまで手が回りそうにない。店を出ると、再びエレベーターに乗り込んだ。

「ごちそうさま。でも、口惜しかったな。美味しそうなタルトがあったのに。もうお腹いっぱいになっちゃって」

　実希は小さく笑い、ゲップを嚙み殺す。シャンパンを飲みすぎたせいか、視界がとろりと流れていく。

「へえ、甘い物好きなのか。じゃあ、明日、二階で買ってもいいな。あ、誕生日だから、バースデーケーキの予約すればよかった。俺としたことが」

「いいよ、全部が急だったんだから。これだけしてもらうだけで本当に十分」

　一週間前、なんの前置きもせずに「よければ、私の処女もらってくれない？」と短いメールをしたら、すぐに今日の段取りをしてくれたのだ。ただでさえ忙しいのに、このホテルやレストランの予約をするのは、大変だったろうと思う。

　二年前まで、毎年誕生日は聡子がチェリータルトでお祝いしてくれた。彼女の勤める洋菓子メーカーの看板商品である。聡子が社割で安く買ってくるそれは、少女の頃からの実希の大好物だった。彼女があの会社に就職を決めた時は、これからは好きな時にチェリータルトが食べられる、とひどく嬉しかったっけ。聡子はおよそ、仕事に熱意というものがまるでない人間だし、勤め先なんてどこでもいいのだろうから、もしかして自分のために就職したのかも、と思う時もあった。明日、彼女は自分のことを少しは思い出してくれるのだろうか。

「メールもらった時、すげーラッキーだと思った。マジで俺でいいの？」

ドアにキーを差し込む時、クズケンが確認のように尋ねたので頬が熱くなった。無言のままこくり、とうなずく。

「そんなおびえた顔すんなよ。取って食おうっていうんじゃないんだから」

部屋に入るなり、実希は小さくくしゃみをしてしまった。ジャグジーを出た後、髪を乾かしきっていなかったせいだろう。

「加湿器頼もうか。大丈夫？　空調これでいい？」

こちらの返事を待たず、クズケンはベッドサイドに据えてある内線電話からフロントに電話をかけた。意外と気を遣うタイプなんだな、と実希はかすかに見直してしまう。数分後、加湿器を抱えたボーイさんがやってきた。ここに来ることはたぶん二度とないし、クズケンとこんな風に過ごすことももうない。そう思うと、次第に心が解き放たれていく。部屋が豪華過ぎることも、現実感がなくてむしろ清々しいくらいだ。柔らかな照明がベージュで統一された室内を照らし出す。壁一面の窓には、南口方面の夜景がばらまいたドロップのように広がっていた。巨大なダブルベッドに腰かけ、実希はバッグを引き寄せてわざとさばさばと声をかける。

「ねえ。ここ、ＤＶＤ見られるんでしょう？　ホームページにそうあったから、持って

「えっ、下調べすんなよ。子供の遠足かよ。そういうの、萎える〜。せっかくのパークハイアットが」

クズケンはあきれたように言い、どさりと隣に腰を下ろす。二人の距離が急速に縮まったことに危機感を覚え、実希は楯のごとく『風と共に去りぬ』のDVDを突き出した。

「なんだ、そのチョイス。お前っぽいなあ。なんだっけっか？　それ、戦争の話？」

何気ないやりとりに、ドラ研の部室や居酒屋や講義室での空気が蘇ってくるようだ。

実希は普段のような男っぽい調子を取り戻して、クズケンの肩をぽんと叩く。

「放送作家のくせに『風と共に去りぬ』知らないとか、ヤバすぎ。定番中の定番じゃない。勉強しておいた方がいいよ」

腰を上げると、DVDをセットした。まもなく、最新のプラズマテレビにタラの風景が広がった。大好きなテーマ曲が流れ出し、よそよそしかった空間がぐっと近しいものになった。ビビアン・リーがいつも通りの、強い緑の目でこちらを睨みつける。原作はもちろん、映画のスカーレットも、実希にとって永遠のヒロインだ。幼なじみのアシュレーを追い続ける情熱も、レット・バトラーのような男と対等に渡り合う勝ち気さも、ライバルのメラニーといつの間にか友情を結んでしまう不器用さも何もかもが好きだ。

クズケンは次第にのめり込んだらしく、あぐらをかいて見入っている。

「これ四角関係の話なんだな。誰かが誰かに片想い。最後に泣くのは勝ち気で美人な主人公って、これまんま『東京ラブストーリー』のフォーマットじゃん」

クズケンはドラマに関しては博士級だけれど、びっくりするほど本を読んでいないし、映画にもさほど興味がないらしい。現代のテレビ業界のレベルの低さが知れる、と実希はため息をつく。その点、伊藤先輩は物知りで、読書家だった。だから話していてとても楽しかったし、隣で過ごすだけで自分が高められる気がした。それなのに、作り手としてすでに成功しているのがクズケンで、いつまで経っても脚本家として芽が出ず、アルバイトのままなのが伊藤先輩というのは、なんだか皮肉な気がする。

「なにこれ、すげえ面白えじゃん。スカーレット、美人なのにすぐマジギレするのがウケる。この背景、ＣＧじゃなくてもしかして手描きの絵？」

「そうだよ。古典って勉強になるんだから、もっと見ておいた方がいいよ」

「お前と居ると、色んな発見があるから面白いんだよなあ。時間があっという間だよ」

クズケンが心から愉快そうに言ったので、ほんのり切なかった。伊藤先輩と一緒に居る時、実希はいつもそう思っていたから。二人はいつの間にか、ベッドに並んで寝そべっていた。クズケンの差し出した腕はたくましくて硬いので、安心して頭をもたせることができる。激化する南北戦争を見守りながら、互いにしばらく無言だった。クズケンは画面から目を離さないまま突然、こう尋ねた。

「ねえ、前から聞こうと思ってたけど、伊藤先輩のどこがそんなにいいんだよ」

「どこって……、うーん」

整った顔や澄んだ声、ほっそりした少年のような体軀。そうした外見にも惹かれるけれど、もちろん、それだけではない。しばらく考えるうちに、あの光景が蘇ってきた。

「……贅沢な時間の過ごし方を知ってるところ、かな？」

大学一年生の頃は、とにかく毎日がギリギリだった。初めての一人暮らしと修得せねばならない単位の多さに目が回るようで、友達を作る暇さえなかった。ドラマ研究会に入ったのも、実入りの良いプロットライターのアルバイトを紹介してもらえると聞いたからで、テレビになんの興味もなかった。OBの伊藤先輩のことは第一印象でカッコイイな、とは思っていたけれど、恋に発展する心の余裕はなかった。そんな日々の中、初めて二人きりで話したのは夜の部室だった。OBに頼まれた資料の整理をするうちに、いつの間にかソファでうたた寝をしてしまったらしく、気付けば、隣に伊藤先輩の笑顔があったのだ。

——いいよ。疲れてるんだから。ほら。僕に寄りかかっていいから。しばらく寝なよ。

本当のことを言うと、緊張とときめきで眠気は吹き飛んでしまったのだが、それでも小一時間は彼にもたれて眠っているふりをした。その間、伊藤先輩はぱらぱらと文庫本をめくっていて、そのゆったりとした立ち居振る舞いは見蕩れるほど優雅だった。

——バイトや授業に一生懸命で、あんまり休んでないでしょ？

実希が目を開くと伊藤先輩は立ち上がり、ジャーに入りっぱなしのお湯を使ってお茶を淹れてくれた。

——見てるともったいないな、って思うよ。色々吸収できる時期なのにさ。君は出すばっかりで、取り込むっていうことを全然してない風に見える。せっかく希望の大学に入ったんだから、もうちょっと毎日を楽しみなよ。焦らなくていいよ。神保は神保のペースで。

あの時の言葉があったから、大学四年間を乗り切れたのだと思う。もちろん忙しいことに変わりなかったし、家を出たことは、しょっちゅう後悔していた。でも、煮詰まるたびに、深呼吸をし、周りの風景を見つめる癖がついたのは、彼のおかげだった。

今まで誰にも聞かせたことのない、とびきりの思い出を打ち明けたつもりなのに、クズケンは大げさに顔をしかめた。

「うわー、うぜー、千葉の大地主のボンボンに言われたかねえ〜。説得力ねえなあ。いっつも暇そうでブラブラしてるだけのくせに」

伊藤先輩の悪口を言う時のクズケンはやけに生き生きしている。そういえば、ドラ研の男たちにも、伊藤先輩はさっぱり人気がなかった。特に友達もいないようだし、飲み会でもぽつんと一人で居ることが多かった。男たちは彼の魅力に嫉妬をしているのだ、と実希は言い聞かせようとする。異性に人気のある人間は、同性に人気がないものと決まっている。現に聡子も実希以外に女友達がいなかった。その理論が目の前の男のせいで通らないことにすぐ気付いて、居心地が悪くなる。クズケンは女にもモテるが、男にもモテる。飲み会ではいつも中心人物だし、常に誰かに頼られていた。そういえば、伊藤先輩はハンサムなのに浮いた話もほとんど聞かない。

「つくづく中身ない男だよな。人生経験ゼロのペラペラ発言。いい人面するわりには、お前にひどいことするしさ」

「違うよ。セックスが上手くいかなかったのも、ひどいフラれ方したのも、私が重いから、いけないいんだよ。重くてうざいから……」

クズケンがおもむろに身を起こして、リモコンでＤＶＤを消音にすると、こちらに顔だけ向けた。こうして寝転がって話していると、留守番をしている小学生の男の子同士のような気がしてくる。

「そりゃ重くて面倒くさいけど、それがお前の一番の個性じゃん。それが嫌なら、最初からお前なんかと付き合わなければよかったんだよ」

　思いがけない言葉に、ふいに目頭が熱くなった。それは、この一年間ずっと求めていた言葉だった。仕方がなかったんだよ、大丈夫、お前は悪くない、と誰かに肩を叩いて励まして欲しかった。今日の彼は何故こんなに優しいのだろう。もうすぐ誕生日だからか。

「ほら、例えば、お前の友達の……、誰だっけ。ほら、あの一度だけ飲み会に連れてきてくれた子、いるじゃん」

「聡子ちゃんのこと？」

　クズケンのような女好きが、聡子の名前を覚えていない、という不自然さに首を傾げる。酔っ払った二人は初対面にもかかわらずイチャイチャしていて、あきれた記憶があるのだが。

「重いのが嫌とかいうなら、ああいう遊び慣れたタイプにすりゃいいのに、それはプライドが邪魔してできないんだろ。で、逃げ場なくなると、相手のせいにするって、人として最低じゃん」

　確かに――。そもそも何故、自分と付き合う気になったのか、考えてみればよくわからない。三年間まったく相手にされなかったのに、ある日突然、手を差し出された。伊藤先輩の目が男になった瞬間を、今でもよく覚えている。なんの前触れもなく、急にスイッチが入ったのだ。もう一度あの変化を見たくて必死に努力したのに、叶わないまま終わりを迎えた。

「やっぱあれじゃね？　顔と体に目がくらんだんだろうな。お前、美人だもん。黙ってれば」

気付くと、クズケンの唇がこちらのそれに重なっていた。同じシャンパンと、煙草の香りがする。慌てて両手で突き放し、顔を背ける。

「やっぱり、怖いよ……」

もはや、取り繕っている場合ではない。正直に打ち明けるしかない、と思った。

「伊藤先輩との時、すっごく痛かったんだもん。私、体がおかしいのかもしれない」

クズケンはこちらに両手を伸ばし眼鏡を外してくれた。折り畳み、ベッドサイドに載せる。一連の動作は、がさつな彼には不似合いなほど、一つ一つを慈しむかのように丁寧だった。

「本当におかしいと思ってたら、お前の性格なら病院行くだろ。わかってるくせに」

ぎくりとしているこちらの心を見透かすように、クズケンは小さく笑う。

「お前がおかしいんじゃないよ。伊藤先輩にテクと思いやりがなかっただけだろ。前戯もそこそこに、グイグイ突かれて、お前が痛がるうちに中折れしたんだろ。それじゃ、入るもんも入らないよ。じっくり時間かけて、体が開くのを待とうよ。力抜けって」

クズケンは体を起こすと、実希の左胸に手を伸ばす。驚くほど繊細な手つきで、じんわりともみほぐした。体中に血が巡るのがわかった。とろとろと目を閉じ、ため息を漏らしたくなるほど気持ちいい。クズケンの息は乾いていて温かい。こちらの唇にふんわりと触れるなりすぐに離れた。あれ、もっと——。思わず目を開くと、彼のにやっとした笑顔がそこにあった。

「欲しくなってきた？」

真っ赤になって視線を逸らす。意地悪な笑顔が和らいだ。

「お前、やっぱり可愛いなあ。すげえ美乳じゃん。形が完璧なおわん型」

耳元でささやかれると、体がぞくぞくと波打った。こんな風に褒めてもらえるなんて、思ってもみなかった。もっと乱暴に服を脱がされ、手荒に体をつかまれ、まるで手術のように一瞬の痛みに目をつぶって耐えるものとばかり、思っていた。なぜならば、伊藤先輩の時は——。

「大学の頃、部室や講義室でお前見ながら、すげえエロいことといっぱい妄想してたんだよ。知ってたか？」

クズケンのことだ。こんなこと、誰にでも言っているのだろう。そう言い聞かせないと、自分から彼の背中に手を回してしまいそうだった。やはり性的なことをささやかれると体が火照《ほて》り、下半身の奥がきゅん、とうずく。もしかして、伊藤先輩と初めてホテルに行った時より、ずっと濡れているかもしれない。

誰とでも寝る聡子を軽蔑していたけれど、恋する気持ちと性欲は全然別物なのかもしれない。眩暈がするのはシャンパンのせいだけではなさそうだ。

「なんか、結構、大丈夫そうかも」

思わずそうつぶやき、実希は自分の声が甘く湿っていることに驚いた。どうしよう、もしかすると自分はものすごく男好きなのではないだろうか。クズケンは実希の脚の間に手を差し入れ、たちまち嬉しそうな顔になった。

「でも、もう少し濡れるのを待とうか。時間はいっぱいあるわけだし。あ、俺の触ってみっか？」

クズケンの股間に恐る恐る手を伸ばす。熱く硬くなっていることに安堵した。伊藤先輩のそれは、一度柔らかくなると元に戻らず、実希は落ち込み、なんとかせねばと泣きそうに焦ったものだった。

「思ったより、大きくない。安心した……。これなら大丈夫そう」

すかさず額をぴしゃりと叩かれた。

「なんだ、それ失礼だなー。悪かったな粗チンでな！」

こんな時なのにおちゃらけた言い方がおかしくて、実希は噴き出してしまう。

「こうやってイチャイチャしてるだけでも楽しいじゃん。相手は俺なんだから、あれは嫌だ、こうして欲しいって正直に言えよ。こんな感じでゆるゆる、朝までにゴール目指そうぜ。あ、一緒に風呂入る？」

クズケンはぱっと立ち上がると浴室に向かう。まもなく、お湯のゴボゴボという音が聞こえてきた。ふんわりとシャボンの香りも漂ってくる。

テレビ画面には、タラの大地に佇み、ニンジンをかじるスカーレットが、もう絶対に飢えない、と空に誓う姿が映っていた。

なんだ、セックスって結構、楽しいものみたい。実希は目が覚めた思いだ。

きっとクズケンが女慣れしているせいかもしれない。伊藤先輩との時は、もっと――。緊張していて、失敗が許されず、彼の機嫌を損ねるまい、と決死の覚悟で震える体を無理に開いていた。クズケンは浴室から戻ってくると、冷蔵庫から缶ビールを取り出し、一つを実希にくれた。こういうところの備品はすごく高いだろう、と気がとがめたが、冷えたビールは火照った体に心地よく、するすると喉をすべり落ちていく。

「なんか、私、ちょっと自信が出てきたかもしれない。クズケン、本当ありがとう」

「おうおう、並んでいる洋酒の小瓶なんかもどんどん開けちゃおうぜ」

目の前の男友達に感謝の念でいっぱいだ。一年前、ぽっきりと折れた女としての自信に、丁寧に添え木してもらい、水を注がれた気分である。やけに視界が冴え冴えとしている。ビールを飲み干すと、勢いよく缶を握りつぶし、ベッドを飛び降りた。

「ほんと、ほんと。ぜーんぶ、伊藤先輩がいけないいんだよ。私はなんにも悪くないっ」

「いいぞ、いいぞ、言ったれ！　はき出せよ！」

ビール片手にクズケンも大層楽しそうだ。実希は大理石のテーブル上に並んだ洋酒瓶のうちの一つに手を伸ばし、蓋を取るとそのまま口をつけた。なんという種類かよくわからないが、琥珀《こはく》色の液体はとろりと甘いのに、喉を過ぎると燃えるように熱くなる。

「あいつめー、私の人生をめちゃくちゃにしやがって！」

実希はベッドの上に駆け上がり、力いっぱい飛び跳ねる。こんなに開放的になるのは、久しぶりだった。

「もう言ってやる。全部、言ってやる。我慢してきたことを全部！」

お酒の力を借りて、何がいけないというのだろう。実希はバッグを引き寄せ、携帯電話を取り出した。迷うことなく電話帳から、伊藤先輩を選び出した。クズケンがぎょっとした顔でとがめる。

「おいやめろよ。そういうの、本気でイタいぞ。ぜってー引くって!!」

一瞬躊躇したが、気持ちを盛り上げて、鼻歌交じりに通話を待つ。伊藤先輩に電話をするのをもう数カ月も我慢している。声が聞けると思うだけで、心が躍り出しそうなのだ。ボツリと呼び出し音が途絶え、かすかな息づかいを感じるなり、実希は叫んだ。

「先輩、先輩、私ですっ」

戸惑っているような伊藤先輩の気配に、負けまいとする。

「なんだよ、五月蝿いなあ。ちゃんと聞こえてるよ。酔ってるの？」

久しぶりの伊藤先輩の声はやっぱり甘くて、突き放すように冷たい。何かに貫かれたように、体がびいんとしびれた。外に居るのか周囲が騒がしい。

「私、今どこにいると思いますか？　パークハイアットですよ。クズケン、わかります？　同じ学年の久住健太郎君と一緒なんです。わかりますよね。ドラ研の」

「……ふうん。え、なにそれ……」

伊藤先輩の声が一気に不機嫌になったのがわかる。そうだ、伊藤先輩はこういう人。たとえ、好きでない女でも、自分の方に視線が向いていないと膨れる人。その身勝手さが悲しいのに、背中がぞくぞくしてもいた。

「あんなに俺のこと、好き好き言ったくせにゲンキンだなあ」

極めて冗談ぽい口調ながら、不安と怒りで語尾が震えているのがわかる。実希はたまらなく愉快になっていく気持ちを止められない。これくらいのささやかな復讐は今の自分には許される気がした。振り向くとクズケンはあきれた顔で寝そべり、喉仏を見せて小瓶のブランデーをあおっていた。

「そうですよお。先輩のことなんて、今はもうどうでもいいですから」

自分でも恥ずかしくなるくらいの媚びた声が出た。こんなくだらないやりとりでいいから、もう少し伊藤先輩との時間を味わっていたい。電話の向こうのトーンががらりと変わった。

「そうか、なら言おうかな。俺も今、付き合ってる人いるんだ。人妻なんだけど」

「え……」

言葉を失い、携帯電話を握り締める。酔いも高揚した気分も一瞬で吹き飛ばされた。

「元教え子の母親なんだ。俺はマズいと思うんだけど、拒みきれなくて。向こうが俺に夢中なんだよ」

伊藤先輩の声はかすかに弾んでいるような気がした。

「そうなんですか。わかりました。じゃ、お幸せに……」

傷つけるつもりが、傷つけられてしまった。これでは一年前と何も変わらない。力なく通話を終了にし、クズケンの待つベッドにすごすごと引き返していく。小瓶を口にくわえたまま、彼は目で、どうした？　と問うてくる。しょんぼりと、隣に腰かけた。

「伊藤先輩、もう次の女がいるみたい……。人妻だって、働いてた塾の教え子のお母さんなんだって……」

「はあ？　気にすんな。あの人のことだから、どうせ話盛ってるって」

クズケンは気にする様子もなく、えい、と上半身を起こすと、励ますようにこちらの肩を叩く。

「なんでそんなことわかるの」

「だって、俺が人妻だったら、伊藤先輩は選ばないもん。もっと口が堅くて、話が早くて、大人なのに行く。ほら、風呂たまったぞ。入ろうぜ」

クズケンは早くもアロハシャツを脱ぎ捨てていた。よく鍛えられた背中は綺麗な三角形を描いている。

確かに——。納得しかけて、実希は自分に動揺してしまう。ほんの少し触れ合っただけなのに、いつの間にかクズケンの考え方に傾いていく自分が怖かった。彼に続いてバスルームに入り、ぼんやりと服を脱ぎ、広々とした湯船に体を横たえる。もうもうとした湯気と派手に盛り上がった泡のせいで、互いの体がほとんど見えないのが助かった。

「ていうか、伊藤先輩ってアレ、絶対に童貞だろ～」

クズケンが後ろから抱きついてくるのを振りほどけない。お湯の中の手が、こちらのウエストや乳房に触れている。

「処女をそこまであからさまに面倒がるなんて、少なくとも経験が浅い証拠だろ」

「経験があるからこそ、面倒なんじゃないの？」

「俺はちっとも面倒じゃないよ。むしろ、有り難いよ」

クズケンの指先がぬるりと脚の間に分け入ってきて、実希は小さく声をあげ、腰をずらした。

「伊藤先輩ってさ、お前のフリ方一つとっても、あまりにも思いやりがないじゃん。誕生日すっぽかしてメールでさよならって、なんだそれ。誰でもトラウマになるわ、そんなの」

「学食で散々女の子泣かしていたあんたが、何言ってるのよ」

お湯の中で肩をすくめながらも、はっと思い出す。クズケンは決して女の子を邪険に扱ったり、拒絶しなかった。泣かれてもなじられても、面倒な顔一つせず、相手の気が済むまでじっと向き合っていた。

「普通に人生経験あれば、せめてもう少し傷つけないやり方選ぶでしょ。だって、そんな悲惨なフラれ方したやつ、お前の周りにいる？　いないだろ。童貞って残酷だよな」

嫌なざわめきが胸に広がっていく。いくつかの光景やにおいが蘇ってきて、クズケンの推理に引きずられそうになった。疑惑を打ち消すように、実希は慌てて叫んだ。

「伊藤先輩が、ど、童貞のわけないよ！　もう二十八だし、あんなにかっこいいんだよ。彼女だっていたじゃない。ほら、デパートに勤めてる美人の彼女がいるってよく言ってたじゃん」

「架空の彼女だったりしてな！」

「ひどーいっ。なにそれ」

鼻息が荒かったせいか、目の前に盛り上がったシャボンの泡が小さくへこむ。

「覚えてるか。伊藤先輩が去年書いてきたラジオドラマのホン。もろ中二病って感じでマジイタかったじゃん。俺はあれで確信したね。あいつは童貞だって！」

言い返そうとしたその時、ベッドルームで携帯電話が鳴った。まさか――。ざぶんとお湯から上がる。泡を体にまとわりつかせたまま、実希は夢中で部屋に戻った。絨毯にお湯がぽたぽた落ちるが、構ってなどいられない。クズケンは湯船から顔を突き出し、ほっとけよ、と叫んだ。電話の画面には、伊藤先輩の名前が表示されている。ああ、一体、なんでこう騒がしい夜になったのだろう。耳に押し当てるなり、伊藤先輩は恐ろしい早口でまくしたてた。

「あのさ。さっきの話、本当なの。久住と一緒にいるっていうの」

「本当ですけど……」

「本当なら、今から確かめに行くから。俺、実はもう新宿にいるんだ」

「えっ、嘘でしょ？」

先輩はそんな近くにいたのか。てっきり実家の千葉かと思っていたのに。

「タクシーに乗ったとこ。パークハイアットだよね。ほら、部屋番号教えてよ」

咄嗟に四桁の数字を口走ってしまったのは、怒りを含んだ語調が嬉しかったせいだろうか。自分が他の男と一緒にいることは、それほど彼を駆り立てるのだろうか。伊藤先輩は一方的に電話を切った。

「どうしよう、伊藤先輩、今からここに来るって」

浴室に向かってそう言いながら、どうしようもなく胸が高鳴るのを感じた。夜を駆け抜け、この高い塔に閉じ込められた自分に会いにくる彼が、王子様のように感じられる。開け放したドアから、クズケンが苛々と顔を歪めていくのが見えた。彼は勢いよく湯船から体を起こす。まっすぐなペニスに泡がくっついていて、そこだけアイスバーみたいに見えた。

「はあ？　なんだ、あの人、わけわかんねえ。ほら、言ったろ。人妻と不倫なんて嘘なんだよ。なんで今更フった女に会いに来るんだよ。わけわかんねえ」

「私だって、わからないよ」

裸で水滴をしたたらせながら、実希は恍惚として携帯電話を握り締める。

先輩の目的は一体なんなのだろう。心にほんのりと灯りがともる。やはり、まだ自分に気持ちがあるということなのだろうか。

「なあ、伊藤先輩とのセックスってどうだったんだよ」

バスローブを羽織ったクズケンが、ピッチャーの水をコップに注ぎながら言った。実希はようやく気を取り直し、バスルームに引き返す。ローブを羽織り髪にタオルを巻くと、クズケンの隣にぼんやり腰を下ろした。『風と共に去りぬ』はとっくに終わっていて、ＤＶＤメインメニューがテレビ画面に表示されていた。伊藤先輩がここに来るのなら、服を着て化粧をするべきかもしれないけれど、本当かどうかはさだかではないし、どっと疲労を感じてもいた。しばらくの間、二人は無言だった。

「……上手くいかなかったのは、先輩のせいじゃないよ。私が無理に頼んだんだよ。お願いだから、一度でいいからって。処女だっていうのも隠したつもりだけど、すぐにバレちゃって」

「なんでそこまで、一生懸命になれるんだよ」

その時、インターホンの澄んだ音が響き渡った。二人は同時に顔を見合わせる。まさか、こんなに早く伊藤先輩がやってくるなんて——。実希は意を決すと立ち上がり、ドアに向かう。深呼吸してドアを引くなり、彼はいきなり芝居がかった口調でこう言い放った。

「お楽しみ中のところ、すまないね」

実希とクズケンがバスローブ姿であるのを認めると、汚い物でも見るようにうっと顔をしかめた。

約半年ぶりに会う伊藤先輩は、どうやら、酔っているみたいだった。顔が赤くて、口元がへらへらしている。それでも、今日は細身のスーツを着ていて、それは彼を素敵に見せていた。改めて、彼の容姿が自分の好みにかなっていることに気付き、しばらく見蕩れてしまった。どうしたって嫌いにはなれない。いつの間にか後ろに控えていたクズケンは嫌みたっぷりに吐き捨てた。

「ええ、ほんと、邪魔ですよ」

「君たちがこんな関係だったなんてな。ちっとも気付かなかったよ」

伊藤先輩は赤い目でこちらを睨みつけると、押しのけんばかりにして部屋に入ってきた。じろじろと室内を見渡し、酒瓶や脱ぎすてたままの形のクズケンのアロハシャツに目をやる。大げさなため息をつくとようやくこちらを向いた。

「俺が好きとか、あれ、嘘だったのかよ。俺のこと、もてあそんだのかよ」

予想もしなかった言葉に、実希は咄嗟に上手く頭が回らない。

「だって、私、先輩にはフラれ……」

「別れる、なんて一言も言ってないだろ。俺、去年言ったよね。今はその時期じゃないから、待っててくれって言ったよね」

追い詰めるような口調だった。そういえば、確かにそう言った。

あれ――。実希は立ちくらみを覚えた。ということは、あの夏の日、自分はフラれていなかったということか。この一年、伊藤先輩と実希は交際していたということか。じゃあ、悩み苦しんだ時間は一体なんだったのだろう。双方の認識の差に言葉を失うが、いや、そんなことあるわけない、とやっとのことで、正気を取り戻した。

「私たち、別れてないってことなんですか？」

面食らって聞き返すと、伊藤先輩はそれには答えず、もう一度睨みつけてきた。

「神保はさあ、純情で真面目なところがよかったんじゃないか。他の女みたいにちゃらちゃらしないところがよかったんじゃないか」

伊藤先輩は苦々しそうに言いながら、同じ場所をぐるぐる歩いている。あれ、なんだろう——。前と言ってることが違う。伊藤先輩の言い分についていけないのは、飲み過ぎたせいだろうか。

「私、ちゃらちゃらなんてしてません。だって……」

こちらが必死に弁明しようとするのを遮って、クズケンが一歩前に出た。

「あの、もう、いい加減にしてもらえませんか。今度は処女厨キャラ？　意味わかんねえ。なんなんだよ、あんた」

無表情に軽蔑を滲ませる様は、異様な迫力があった。伊藤先輩が後退りしたのがわかる。

「神保のこと振り回すの、やめてもらえませんか。なんなんですか。付き合う気もないくせにチョロチョロちょっかい出すなよ。自分に自信がないからって、人を傷つけたり、利用していいわけじゃないんですよ。あなたもその年で童貞だったら、そうやって焦らされる辛さくらい、わかるでしょ」

伊藤先輩の顔から血の気がさっと引く。さも心外だ、と言わんばかりに。わざとらしく目を丸くし、唇をとがらせた。

「はあ？　童貞じゃないし……」

「圧倒的な経験不足と想像力の欠如が、あなたを傲慢にしてるんですよ。つくづく、くっだらねえ男だな。マジで消えてくださいよ。俺たちこれから、ゆっくり楽しむんで」

もしかして、クズケンは、本当に自分の兄なのではないか、と一瞬思った。こちらの肩を守るように抱き、伊藤先輩を真っ正面から鋭い眼差しで見据える。先輩は顔をさらに真っ赤にしてまくしたてた。

「経験なら、色々ある。君が経験してないようなことを、俺はいっぱい経験してるんだ」

「はあ、マジ寒い。なんだ、あんた。いい加減にしないと、ぶん殴るぞ」

クズケンが本当に拳を振り上げたので、実希は目を見開く。伊藤先輩が青ざめ、こう叫んだ。

「……俺、君の友達の相田聡子と寝たんだ。俺から誘ったんだ！」

信じられない、といった表情で振り上げた拳を下ろすと、クズケンは伊藤先輩をまじまじと見つめた。

「なんだ、それ……。いくらなんでも最低過ぎるだろ。百歩ゆずって神保のダチとヤったとして、なんで今、それをここで言うんだよ」

実希は先輩の言葉を何度も反芻する。取り乱さない自分が不思議だった。

「先輩、それ、嘘ですよね」

思わずぽつりとつぶやいた。二人の男の視線が同時に集まる。伊藤先輩は見たこともないほど必死な様子だ。額に汗の粒が浮かんでいる。

「本当だよ。だから君といるのが辛くなったんだよ。それで別れを告げたんだ。君を嫌いになったわけじゃない。俺がいけないいんだよ」

うわ、こいつ、自分に酔ってる、とクズケンが大きな声でつぶやいた。

「前から、聡子のこと、可愛いと思ってたし、いいな、と思ってたし。それで、彼女の働くお店に行った時に連絡先を交換して」

「いや、そうじゃなくて。先輩に聡子ちゃんが誘えるわけない……。単に聡子ちゃんに誘惑されたんですよね」

だって、聡子は誰のことも好きにならない――。だから、熱くならないし、重くならない。頭が常に冷静で、男が自分に何を求めているかキャッチするのが抜群に上手い。伊藤先輩のようなタイプを落とすのはたやすいだろう。

「違うよ！」

明らかに動揺している伊藤先輩を見て、実希は自分の推測が正しいことを悟る。

「違うよ、彼女、すごく君に申し訳ないって泣いてたもの。俺が強引に誘ったんだよ、彼女の魅力に負けて。俺だって」

もはや、伊藤先輩は見栄を張るあまり、自分が何を言っているのか、よくわからなくなっているようだ。

謎が一度に解けていく。本当はずっとわかっていた。自分に伊藤先輩という恋人ができた時、聡子が青ざめた顔をしていたことを。焦り始めていたことを。だって、あの子は悲しいくらい何もないからっぽな女の子だから。男はいくらでも寄ってくるけど、誰からも大切に扱ってもらえないことは見ていればわかった。そのことをどこかでずっと軽蔑していた。彼女に引き換え、自分はなんと高潔な恋をしているのだろう、と得意になっているところも少なからずあった。

聡子は、面白くなかったんだ。恋する実希を見て、むしゃくしゃしていたんだ。たったそれだけのことで、重たい荷物が取り払われたように、心が楽になった。あの子に羨ましいと思ってもらえるような恋を、私はしていたんだ。あの子も胸の中に煮詰まったものを抱えているんだ。

「先輩、でも私、久住君と付き合っているわけじゃないんです。先輩が……、処女が重いって言うから、だから、相手は誰でもいいから捨てようと思って……」

「そんなの信じないよ」

伊藤先輩はもはや、何もかもどうでもいいようだ。投げやりな口調で背筋を伸ばす。

「だって、久住は昔っから、神保のこと、好きじゃないか。ドラ研なら誰でも知ってる」

「え、そうなの……」

実希は驚いて、クズケンの方を振り向く。彼は目を逸らすでもなく、黙ってこちらを見返した。

だから、なんだ、とでも言いたげな顔つきに、こちらが困惑してしまい、慌てて視線を外す。先ほどまではどこか現実感がなく、映画のセットのようだったホテルの調度品がにわかに重みを持って目の前に迫ってきた。しどろもどろになって、実希は言葉をつなぐ。

「私、そんなの知らなかったし、もし知ってたらこんなところにも……。だって、この人、誰にでもすぐやらせろって言うし。だって」

「ああ、でも、もういいや。莫迦莫迦しくなってきた」

突然、伊藤先輩は悲鳴のように甲高い声を張り上げ、こちらを遮った。

「俺、もう帰るね。あとは二人で仲良くやれば？　案外上手くいくんじゃないの？　お幸せにね！」

　驚いたことになんと伊藤先輩の目には涙が滲んでいる。大股で逃げるようにドアに向かうと、素早くドアの向こうに姿を消した。ばたん、という大きな音が部屋に響く。しばらくの間、部屋は沈黙で満たされた。

「お前、いくらなんでも、ひどくねえか。さっきの……。誰でもよかったって本当か」

　クズケンの顔を見て、実希ははっとした。まるで三百メートルを泳ぎ切った後の選手みたいに、苦しげに顔を歪めていたから。こんな彼を目にするのは初めてだった。どしんとベッドに腰を落とし、そのまま上半身を倒すとクズケンは仰向けになった。天井を見つめ、彼は独り言のように言った。

「誰でもいいって本当かよ？　誰でもいいって……、俺のこと好きじゃないのはわかるけど、せめて人として信用してるから選んでくれた、と思ってたのに」

「クズケン、ごめん。ごめんね。もう一度、しよ。エッチ、やり直そうよ」

　急いで肩に手をかけ、機嫌をとるように揺り動かす。ほんの一時間前までの、温かく親密な空気を取り戻したい――。心からそう思った。

「やる気失せた。男って、お前が思うほど簡単じゃないんだよ」

クズケンはこちらの手を振り切るごとく、ごろりと寝返りを打ち背中を向けた。彼が言葉を発するたび、かすかに後ろ姿が上下する。なんだか彼が泣いているみたいに見えた。

「いくらなんでも、お前、ガキ過ぎるよ。人の気持ちに鈍感過ぎだろ。今まで我慢してたけど、お前、はっきり言って、残酷だよ。これだから嫌だよ、経験が浅いやつって……」

疲れたように一つ息を吐くと、彼は仰向けになり、目を閉じた。取り付く島もなく、実希はうなだれる。確かに、伊藤先輩と自分はとてもよく似ている気がした。自分のことで頭がいっぱいで周りが見えないところ、知らず知らずのうちに人を傷つけるところ。いつの間にか寝息を立て始めたクズケンを、実希はただ見守るしかない。

窓の外に目を向けると、白々と夜が明け始めていた。実希はけだるい体を無理やり起こして、散らかった部屋を片付け、バスローブから服に着替える。髪を整え、眼鏡をかけて、荷物をまとめた。部屋を出る直前、クズケンの背中に声をかける。

「昨夜《ゆうべ》はありがとう」

返事はなかったが、電気を落とし、起こさないよう静かにドアを閉めた。

ホテルのエントランスを出ると、青臭い早朝の冷気が身を包んだ。迷わずに、南口に向かって歩みを進める。

いつの間にか、二十三歳になっていた。誕生日を迎えてから、誰にもおめでとう、と言ってもらえない。伊藤先輩もついにはお祝いの言葉一つ口にしなかった。実希の誕生日なんてとっくに忘れているのだろう。

伊藤先輩に愛されなかったからといって、すべてを手放す必要はなかったのに。失った夢をもう一度取り戻すのは、遅いのだろうか。

ＤＶＤを部屋に忘れてきたことを思い出すが、引き返すのはやめた。クズケンが気付くだろう。そして、きっと遅かれ早かれ、クズケンには、また会うだろうと思った。その時自分はどんな顔をして会えばいいのだろう。彼の気持ちを知ったからといって、やっぱり急に関係が変わるとは思えない。

『風と共に去りぬ』のラストをふと思い出した。ずっと邪険に扱っていたレット・バトラー。彼に捨てられ、初めてスカーレットはレットへの愛に気付く。でも、ずっと疑問だったのだ。そんなにすぐ、気持ちは切り替わるものなんだろうか。レットに心が移ってももちろんいいのだけれど、それにはもう少し、時間がかかるような気がする。あの時のスカーレットは親友、メラニーを病気で失っていた。その寂しさから、レットのぬくもりにすがりたくなったと考えるのが自然な気がする。

幸か不幸か、実希のメラニーはまだ生きている。貞節でも知的でもない浅はかな裏切り者。それなのに不似合いなほど賢い名前を持つ、たった一人の友達。もし、死んでしまったら、やっぱり、実希は自分を見失うのだろうか。一番の親友だった、と涙を流すのだろうか。

ニューヨークグリルから見た時、天の川のようだった甲州街道は、早朝の薄青い空気の中、灰色のアスファルトをどこまでも延ばしていた。

状況によって人の言い分なんて、いくらでも変わる。重くない人間なんていない。実希は、手首を返して腕時計を見た。

新宿南口に直結したあのデパートの開店まであと三時間。どこかファミレスにでも入って時間をつぶせば、あっという間だ。

一年ぶりに聡子の店に行って、チェリータルトを買おうと思った。話しかけるかどうかは彼女の接客を見てから、決める。金切り声をあげてひっぱたくか、それとも何も知らないふりをして接するかも、まだわからない。今の自分に結論なんて出せない。未熟過ぎる。すべては財布を出して、客として相田聡子に向き合ってからだ。

なぜなら、実希は自分のお金を出して聡子からあのお菓子を買ったことが、一度もないのだ。

伊藤くんE

1

首都高速三号渋谷線越しにテレビ局が見える。高速道路に貫かれ、ビルに取り囲まれた六本木通りは昼間からいつも薄暗い。

今日は午前中から黄砂《こうさ》が吹き荒れていた。雨水のあとがびっしりついたガラスにぱちぱちと砂粒のぶつかる音がして、高速道路のあたりを彷徨《さまよ》っていた意識は次第に地上に引きずり下ろされる。景色は歪み、輪郭がぼんやりと曖昧になるおかげで、ＳＦ映画の未来都市のような町並みが優しく感じられた。

「だいたい、町でばったり好きな人に会うことなんてある？　ないだろう？」

「日本のドラマってバブルの頃から海外ドラマをお手本に作られているじゃん。例えば、マンハッタンを舞台にしたドラマでばったり人に会うのはお約束だけど、マンハッタンって山手線の内側くらいの面積でしょ。そりゃあ、ちょっと散歩すれば、知り合いにばったり会うのも不思議じゃないでしょ。それを東京という規模でやるから無理が出てくるんじゃないの。ご都合主義って言われても仕方ないよ」

「恋を描くのに東京は広過ぎるってこと？」

矢崎莉桜は外れかけの知恵の輪のようなテレビ局のロゴマークから、十畳ばかりのリビングへと視線を移動する。パソコンを置いたデスク、ソファ、テレビ。至るところに本と企画書の危なっかしい塔が連なっている。中央に配置されたホワイトボードには「登場人物が町中でばったり出会うシチュエーションをいかに自然に演出するか」と自分の字で書かれているが、完全に他人《ひと》事《ごと》のように思われた。ボードを取り囲むようにして、後輩たちが埃の積もった絨毯に直に座り込み、ああでもない、こうでもない、とペットボトル飲料をおともにかれこれ二時間以上も議論を続けている。

金曜日になるとこの事務所は、莉桜がかつて所属していた「ドラマ研究会」通称「ドラ研」のメンバー五名でいっぱいになる。大学一年生の川北直子《かわきたなおこ》、二年の杉原瑛太《すぎはらえいた》と安《あん》藤良二《どうりょうじ》、三年の久田史朗《ひさだしろう》、四年の戸川重之《とがわしげゆき》。そして、大学をとっくに卒業しテレビ局のアルバイトを続けている二十九歳の伊藤の六名が、現在の固定メンバーだ。いずれも、莉桜を慕って自主的に参加している。学生時代からシナリオライターとして世に出た先輩として、後輩に企画書とプロットの書き方を教え、出来のよいものをプロデューサーに紹介し、脚本家デビューのチャンスを与えてやるために、六年前から続けている会だった。誰もがチャンスが欲しいばかりに、わざわざ六本木に通い、こんなに汚い部屋にやってくるのだ。莉桜は半ば感心し、半ばあきれている。どいつもこいつも、何を根拠に自分だけはモノになると信じているのだろう。この勉強会から巣立った人材は過去にたった一人だけなのに。

さも思慮深そうな顔をしてうなずき続けることにすっかり疲れ、窓にもたれてマグカップを傾ける。後輩たちにはお茶など出さない。しけて固まったインスタント粉にポットで沸かしっぱなしの熱湯をぶち込んだコーヒーをすするごとに、カップにこびりついた茶渋の面積が増えていく。うっすらしたしみが幾重にも連なって年輪のようだった。このマグカップは十年前、すぐそこのスターバックスで買ったものだ。今では町中に溢れるチェーン店があの頃はまだ珍しくて、星を頭に輝かせたセイレーンは自由の象徴のように思えた。当時は海外ドラマ「セックス・アンド・ザ・シティ」が日本で大人気だった。ヒロインのお気に入りとしてスターバックスは登場し、ドラマ人気とともにくせのあるシアトル系コーヒーも受け入れられた。作品に登場する「クリスピー・クリーム・ドーナツ」「マーク・ジェイコブス」などの知名度も高まった。派手なディテールに耳目が集まりがちだったが、莉桜はマルチプロットの見事さ、心理描写のたくみさに釘付けになっていた。三十分番組とは思えないほどぎっしりと内容が詰まっていて、軽妙なのに深い余韻を残す。なにより、四人のヒロインの人物造詣がすばらしかった。あけすけで勝ち気、寂しがり屋な女たちの友情に夢中になった。こんな作品を日本でも是非作るべきだと意気込み、思い出しても赤面したくなるような猿真似の企画を何本も提出した。まだ大学生だった。願望や欲求はなんの屈託もなく口に出せた。日本の退屈なドラマ業界は自分が変えてみせる、と固く信じていた。

向かいの壁に視線を移動すると「セックス・アンド・ザ・シティ」のポスターのサラ・ジェシカ・パーカーと目があった。若き日の彼女はさっそうとしなやかで、美しいポニーに似ている。

「僕は、あるんだなあ」

伊藤が突然、さも大儀そうに、しみじみとした口調で語り出す。マッキントッシュのコート、ストライプのシャツとチノパンの着こなしが絵はがきに描かれた外国の少年のようだ。文句の付けようがない趣味の良さなのに、どういうわけか滑稽で必死に見えるのが彼の持ち味である。

「町でばったり、好きだった女の子に会ったことがあるよ。嘘みたいだと思うけど、本当にあるよ。同じ塾で受付をやっていた女の子で、猫みたいな何にもとらわれない女の子だったなあ。会えば口喧嘩ばかりだったけど、お互い、深いところで理解し合っていた気がする。でもその時、僕にはデパートに勤めている彼女がいて……」

長くなりそうな気配を察したのか、リーダー格の戸川がさらりと遮った。

「さすが、伊藤さんだね。人生経験が違うよ。普通に生きてたらそんなドラマみたいなこと、絶対にないもん」

さざなみのように広がる低い笑いに、蔑みが含まれていることに、伊藤はどうやら気付いていないらしい。にやつきそうになるのを防ぐように、薄い口を真一文字に結んでいる。三十歳近い男のものとは思えない、すべすべの白い肌にほのかに赤みが差している。つくづく整った顔をしているな、と思った。ヒゲの青いそり跡だけが妙に生々しい。彼と接するといつもうんざりするのに、気付くと目で追ってしまうのは何故なんだろう。いい加減、飽きてきたので、莉桜は窓から背中を離した。

「はい、今日のまとめは、『町でばったり会うこともある、ただし、イケメンに限る』でした！　時間がきたからおしまーい」

きょとんとした顔つきの伊藤以外、全員がクスクスと笑っている。喉をからして語り合った後のぼうっとした疲れと、伊藤を嘲笑うことで得た爽快感で、今日もまた、何も身に付いていないことに誰も気付いていない。

「じゃあ、次は二週間後ね。冬ドラマの企画書、できたら書いてくること」

その時、「ちっす」という声とドアが開く音がした。これから山にでも登るのかというほど大きなリュックサックを背負った後輩のクズケンがずかずかと入ってきて、いつものように遠慮なくリビングを見回した。ドラ研きっての出世頭は半月に一度の割合でこうして突然やってくる。学生たちがわっと立ち上がった。

「あ、クズケンさん!!」

「うっわ。お久しぶりですっ。この間のクズドラ、見ましたよっ」

「いつ飲みに連れてってくれるんですか？　この間、約束したじゃないですか」

場の温度が急激に上がったのがわかる。どことなく物足りなさそうだったメンバーの目の色が一斉に潤い、期待と羨望が溢れ出すのを見て、莉桜は傷つくまいとする。

「おうおう、また今度飲もうな～。俺は莉桜さんと大事な仕事の話があるの」

クズケンは少し邪険に、しかし、愛情を滲ませるやり方で彼らの背中を押し、玄関へと向かわせた。伊藤だけは離れた場所でぽつんと、帰り支度を整えている。彼らが名残惜しそうに立ち去ってしまうと、クズケンはほうっと息を吐いた。

「あー。うっせーな。あいつらに会わないようにと思って、終わる時間狙ってきたんですけど、早かったっすか？」

うんざりしたような表情に先ほどの温かさは微塵もない。こんな時、莉桜はかすかにこの男が怖くなる。後輩らの残した熱が部屋のあちこちに残っているようで、静かになってもふわふわと心許ない。

「来る時はちゃんとアポ入れてよね。あんたいつも、なんの前触れもないんだもん」

それには答えず、クズケンは眉をひそめて室内を見回した。

「相変わらず汚ねえなあ……。益々、要塞化してくるというか。二週間前よりさらにひどくなってんな。あいつらよくこんな場所に通うよなあ。見上げた根性だわ。莉桜さん、これじゃあ、いつか体壊しますよ。ていうか最近、咳、増えてません？」

返事をしようとして、莉桜はむせてしまった。言われてみれば、咳がずっと続いているし、鼻水が止まらない。とうとう花粉症を発症したのかと思っていたが、そういえば、この部屋にいる時だけの症状なのだ。ジムやコンビニに行く時は、ぴたりと止まっている。顔をしかめて、残りのコーヒーをぐいと飲み干した。

「空気たまには入れ替えた方がいいっすよ」

「窓開けたところで、高速の排気ガスがひどいもん。今日は黄砂だし」

体の外も内側もとっくに汚染されている。もう、窓を開けても何も変わらない。この環境は何をやっても好転しないのだ。クズケンはあきれた顔で肩をすくめた。

スタジャンと坊主頭は精悍な顔立ちとあいまって任俠映画のチンピラのようだが、彼にはこれといってファッションのポリシーがあるわけではない。目に飛び込んだものをいつも適当に身に着けているだけのようだし、刈り上げにしているのも確か手入れが面倒だからだったと思う。いやいや、かつて恋人に浮気がバレた時に、バリカンで無理やり髪を刈られ、以来自戒を込めてそのままにしてあるのだったか。そのわりには、一人の女と長続きしないけれど。

この奇妙な出で立ちは若手脚本家・久住健太郎のスタイルとして業界では定着している。美男子ではないが、不思議と様になる外見のおかげで、雑誌のグラビアを飾ることが多い。彼にはそういうところがある。何気ない行動や言葉、その一つ一つが彼を通過すると俄然、物語性を帯びる。おそらくそれが「旬」ということなのかもしれない。クズケンの書いたドラマはまだそれほどの数ではないのに、一瞬テレビに流れただけで、すぐに彼のものと莉桜にはわかる。台詞回しや空気にクズケンにしか出せない味わいがある。現在は深夜の連ドラの仕事のみならず、バラエティ番組もかけもちし、初めて手がけた映画はこの夏公開を控えているらしい。二十五歳とは到底思えない、精神面でもキャリアでもどっしりと地に足がついた後輩が何故自分を慕うのか、莉桜は不思議で仕方がない。

「あんたこそ、こんなとこ、来ることないのに。今、一番忙しいでしょ」

「まあ、俺は矢崎莉桜のファンですからね。定期的に会わないとやる気出ないんですよ。だって、俺の人生を変えたのは高校三年の時に見た『東京ドールハウス』ですから。あのドラマを見て、一度きりの人生、好きに生きようって決めたんです。こうやって莉桜さんに絡んでいるだけで、すごく元気出るんですよ」

嘘ばっかり――。慣れっこの彼のお世辞に改めて鼻白む。七年前に書いた『東京ドールハウス』は現在では信じられないことに、視聴率二十五パーセントを楽々と超えた。莉桜の代表作とも言われ、今でも根強いファンを持つ。徹底して女目線で描いた、おしゃべりとお洒落と美味しいものに満ちた独身女四人の同居コメディだ。クズケンのような男っぽく冷めたタイプが、あんな世界観を受け入れるはずはない。こうやって誰にでもいい顔をする器用な男なのだ。陰でなんと言われているか、わかったものではない。しらけたムードをかぎとったのか、クズケンは早口で話を換えた。

「先週の黄砂は特にすごかったですよね。空がうっすら黄色く見えたもん。パニック映画みたいだった。いや、でも、この部屋も黄砂吹き荒れそうなくらいやばいっすよ」

大げさに顔をしかめるのも無理はない。絨緞に何重にも積もった埃が銀色に輝いている。もとは白に近かった壁とカーテンは、煙草のヤニで汚れた黄土色に染まっていた。

リビングとひと続きのキッチンにはぱんぱんに膨れ上がったゴミ袋が積み上がり、カビで覆われた流しに吸い殻で山盛りの灰皿がいくつも放り込まれてあった。冷蔵庫にはいつもらったものかわからない、手土産のクッキーや饅頭やバウムクーヘンが地層を成している。いつからこんなことになったのか、よく覚えていない。もともと几帳面な性格ではないが、それでも少なくとも二年前までは定期的にゴミを出し、掃除機をかけ、来客にはお茶を出し、もらいもののケーキは賞味期限内に食べきるよう切り分けて盛りつけ、一日に一度は灰皿の吸い殻を捨てて、スポンジで洗っていたはずだ。仕事が忙しかった頃の方が、この事務所がはるかに清潔に整っていたことを思うと、ますますすべてがどうでもよくなってくる。

莉桜は飲み干したマグカップを、床に積み上げた雑誌の山の上に置き、どさりとソファに身を預けた。それだけで細かい綿埃がふわふわと宙を舞った。クッションに頭をもたせわざと腹を突き出しだらしなく寝そべると、灰皿を引き寄せ、マイルドセブンに火を点けた。

「仕方ないじゃん。掃除する暇、ないっつうの」

こうしたぶっきらぼうなけだるい口調は、はるか昔、どこかの誰かを真似たものだった。憧れていた有名脚本家のものだったろうか。

「ゆうべも全然寝てないしねえ、あーあ、田村《たむら》さんからのプロット催促がしつこくて。冬ドラの会議に間に合わせたいのはわかるけどさあ」

あくびまじりに、うんざりした顔で煙を吐き出す。まるっきり嘘だった。四十代後半の売れっ子プロデューサー・田村伸也《しんや》はかつては莉桜と名コンビと呼ばれていたが、この一年はこちらから連絡しない限り声を聞けることはなかった。とにかく今はやることがない。暇過ぎて、先週はずっとここでテレビを見ていた。

「面倒なら、ダスキン頼めばどうすか。せめてアシスタント雇うとか」

面倒というより、莉桜は怖いのだ。掃除をしてここを心地のよい場所にしたら最後、後戻りできなくなる。なにより、こんなところを片付ける暇があるなら、まず、都内に一人で暮らす父のゴミ溜めのような部屋をなんとかせねばならない――。

「うーん。パス。人に自分ち……、えっと、自分の事務所をいじられるの嫌だし」

すぐに言い直したけれど、今のはまずいかもしれない。ちらりと様子をうかがうも、クズケンは一向に気にとめる様子もない。一本煙草をねだると、立ったままこちらのライターに顔を近づけ、火を奪った。

誰にも言うつもりはないが、五年暮らした阿佐ヶ谷の自宅マンションを引き払ったのは、先週である。収入が途絶え、貯金を切り崩す生活となり、事務所と自宅の家賃両方を毎月払っていくのが不可能になったのだ。ほんの一瞬だけ迷った後、莉桜は自宅をあきらめることにした。住み慣れた部屋を引き払って、家財一式は大黒ふ頭に借りた倉庫にぶち込んだ。以来、この事務所に寝泊まりしている。つまり、莉桜の気の持ちようで、この部屋は自宅にもなるし事務所にもなるわけだ。クズケンが包みをすいっと差し出した。

「莉桜さん、『おつな寿司』で握ってもらいました。俺、朝からなんにも食べてないんで、一緒にどうすか。ペットボトルのお茶、買ってきました。あったかいやつ。ウーロンと緑茶どっちがいいですか」

じゃあ、ウーロン茶、と口にし、温もりのあるペットボトルに手を伸ばす。必ず土産を買ってくるクズケンは、決してこちらに食器を出させないよう常に配慮している。あれだけ汚れたキッチンを見ているのだから当たり前かもしれないが、やはり外見に反して気を遣う性格だ。この鮨だって決して安いものではないだろう。かつてはテレビ局員らに麻布十番や銀座の高級店に連れていかれ、ドラマが始まれば高価な差し入れをもらったものだけれど、最近ではそうした機会はまったくない。まるで母親のようにてきぱきした仕草で散らかったテーブルを片付け、鮨折りを広げるクズケンを莉桜はそっと盗み見る。

もしかして、この男は莉桜がここに住んでいることを見透かしているのではないか。こうやって、親切そうに高級品を持参し、落ち目の先輩をいたわり、ひっそり優越感を味わっているのではないだろうか。莉桜から得るものなど、もうとうに吸い尽くしたろうに。眩しげに莉桜を見上げていた十八歳のクズケンはもういない。彼の目に自分は今どう映るのだろう。

ずぼらな生活習慣がいよいよ体形にも現れ始めた。かつては「触ると折れそう」と驚かれた細い手足も、むくみと脂肪に埋もれ、深い場所に沈んでいる。人に会うことから遠ざかり、取材の声もかからないせいか、身仕舞いがどんどんおっくうになっていた。化粧をする気は失せ、最近ではファストファッションで見つけた体を締め付けないウエストゴムのパンツや大きめのTシャツを身に着けている。ボブにしていた髪はいつの間にか背中に届くほどになり、美容院に行くのがおっくうで、無造作に一つにまとめていた。大学のOGとしてクズケンに出会った二十六歳の頃、今より六キロは痩せていた。若手女性脚本家としてちやほやされ、数えるほどだけれど美人と褒められたこともある。

そういえば今日はブラジャーをしていない。

「あんたもそろそろ事務所くらい持ってもいいんじゃないの」

自分が書いたドラマを放送するテレビ局が見えるところ、スターバックスがすぐそばにあるところが気に入って、この部屋を事務所として借りたのは二十五歳の頃だ。高速道路と同じ高さに位置する二階の角部屋。築四十年マンションの2LDK、家賃は今と変わらず十万二千円だった。窓を開けると排気ガスに顔をしかめたくなったが、それさえも、厳しい業界で闘っているという矜持《きょうじ》を湧き上がらせた。ネズミ色の東京の真ん中でたった一人、自分の能力だけで生き抜いてみせる——。マイルドセブンを吸い、ソイラテをすすれば、「セックス・アンド・ザ・シティ」のキャリーになった気がした。欲しいものがあまりにも早く手に入ってしまったことを、莉桜は怖がらなかった。怖がることは、恵まれた人間の不遜である気がしていた。ただ、腹を割って話せる女友達だけはとうとう手に入らなかったけれど。来月で「セックス・アンド・ザ・シティ」スタート時のキャリーを演じたサラ・ジェシカ・パーカーの年齢にとうとう追いついてしまう。

「いっす。いっす。金もったいないし。ほら、ノマド民ですよ。ネットつながる場所だとYou Tube見たり、エゴサーチばっかりしちゃうし」

ろくに手元も見ず、莉桜は無造作に鮨を頬張る。久しぶりに摂るまともな食事だ。昨日からカップラーメン一つしか胃に入れていない。食材を調達しようにも、この辺りにある外国人や芸能人御用達の高級スーパーマーケットでは買えるものもないし、水回りがあの通りなのでとても自炊する気になれない。一食五百円以内を目標にコンビニかフアストフードで手早く済ませ、決して洗い物は出さないよう心がけている。
「あのお、言いづらいんですけど」
クズケンが親指についた醬油を舐めながら、上目遣いでこちらを見た。どうというこ
とのない仕草なのに、何故か背中がぞくりとする。八つも年下だ。彼にときめいている
のではなく、旬の人間の放つ色と輝きにあてられているだけなのだ、と言い聞かせる。
彼に脚本のノウハウや業界のあれこれを叩き込んだのは他でもないこの自分。ほとんど
弟のような存在である。
「莉桜さん、失礼かもしれないけど、あの、俺、前からずっと気になってて……」
ああ、とうとう、くる。バレたのだ。帰るのがおっくうで泊まり込んでいるだけ——。
果たして、こんな言い訳が鋭い彼に通用するだろうか。呼吸が苦しいのは、部屋の空気
のせいだけではない。
「この部屋、ちょっとヘンなにおいしないっすか？」
なんだ、そんなことか——。莉桜はほっとして身を起こす。それだけで、腹の肉が形
を変えるのがわかった。
「ったりまえじゃん。いつから掃除してないと思ってんの」
うげっと顔をしかめるクズケンを前に、わけもなく得意な気持ちがこみ上げる。矢崎

莉桜はずぼらで、俗世に少し疎い。全盛期はそんな欠点さえ、いかにも才能だけで生きている人間の個性ととらえられて、周囲を魅了する材料になった。浮き世離れした変人だと思われることがもともと嫌いではない。

「うーん。そういうんじゃなくて、うっすら下水のにおいがするっていうか。腐った水のにおいです。水道管がつまってるんじゃないすか」

「もはや、自分じゃ気付かないかなあ」

「もしかして、あれじゃないですか。ずっと風呂塞いでいるからじゃないですか」

「え？」

「もしかして、あの中で汚水が湧いてるとか。なんかが腐っているとか」

莉桜は目をしばたたかせて、バスルームを思い浮かべた。

彼の言う通り、バスタブは八年前からずっと塞いである。シャッタータイプの蓋をかぶせ、ガムテープを隙間なく貼り付けて密閉してあった。ここ最近の入浴は歩いて通える乃木坂《のぎざか》のジムで済ませている。もともと風呂はそう好きではないので、三日に一度で十分としていた。七千五百円の会費は毎月口座から引き落とされる。財政が逼迫する今、すぐにでもストップすればいいのだが、残高がゼロになるとともにどうせ通えなくなるのだし、と投げやりな気持ちでそのままにしてある。

「やだ。怖い。想像したくないよ。カビとヘドロだらけなんじゃないの」

莉桜は大げさに顔をしかめ、手を振ってみせた。

「だからこそ、蓋開けてみた方がいいんじゃないですか。案外、なんにもないかもしれないし。だったら、水道管を検査した方がいいってことになるし。俺、掃除くらい手伝いますよ」

不思議なくらい、熱心にクズケンは繰り返した。

「やだ、やだ、怖いもん。どんなひどいことになっているか〜」

少しうわずった声が出た。あの蓋の向こうを思い浮かべようとする。青緑色のカビがふかふかと蓄積されコケ状になっているのではないか。小指の爪ほどの小さなキノコが密集し胞子を飛ばしているのか。それとも、濁った水が湧いていて図鑑に載っていないような四つ足の銀色の生き物が繁殖し続けているのではないか。水の中から、二十五歳の自分がぷかぷか浮かんで容赦ない視線を向けそうな気がして、その想像に一番ぞっとした。

「俺、昔、新大久保のファミレスでバイトしてたんですけどね、厨房とフロアをひどい時は二人で回さなきゃいけないような人手不足の店なんですよ。すごく混む日はとてもじゃないけど回らない。客に早くしろ、と怒鳴られて、テンパってミスも続く。そして、崩壊がやってくるんですよ」

「崩壊?」

「テーブルには汚れた皿がいっぱい。厨房も洗い物でいっぱい。入店した客を通そうにも、出す皿もないし、どの席にも案内できない。完全なる飽和状態。でも、その崩壊を立て直す方法っつうのが、たった一枚の皿を洗うことだったりする。一枚の皿を洗うことで停止していた歯車がゆっくりだけど、回り出すんですよね……」

やけに熱っぽいクズケンのおしゃべりを莉桜は半ば聞き流した。事務所を残しておいて本当によかった、とつくづく思う。こうして弛緩したソファに寝そべって煙草を吸ったり、クズケンとしゃべったり、テレビ局を窓から見つめているだけで、何かをしている気になれるのだ。これが阿佐ヶ谷の自宅だったら、こうはいかないだろう。自分がもう一年以上も現場から遠ざかっていること、脚本家とは到底呼べなくなっていること、訪ねてくる恋人も友達もいないこと、父にも母にもずっと会っていないこと、四年もセックスしていないこと、若くもないし、これといって趣味も特技もないことがまざまざと突きつけられる。しかし、この部屋にいさえすれば、テレビ鑑賞はリサーチになり、だらけている時間はアイデア抽出タイムになり、睡眠時間は仮眠に変わる。もしかしたら、今に誰かが華々しい仕事の依頼を持ってくるのでは、という夢も見られる。貯金を切り崩してでも、この一線を死守せねばならない。しつこいクズケンをこれ以上しゃべらせまいと、莉桜はきっぱり言う。

「本当にいいの。どんなに汚くても、臭くても。別にここに住むわけじゃないし。ただの事務所だもん」

「そっすよね。別にここに住むわけじゃないし」

クズケンはそう言うと、低く笑った。莉桜はにわかに居心地が悪くなる。ここを住みやすい場所にはできるだけしたくない。住まいに限らず、この世界のどこにも長期的な居場所を作りたくない。

「そうだよお。昼なのに夜みたいじゃない、この部屋。高速道路の陰になってる、こんなところに住めるわけないわよ」

「そっすね。あ、そういえば、ゆうべ始まった深夜ドラマ。あれ、どう思います？」

クズケンがようやく話題を変えてくれ、ほっとした。彼はその有名映画監督が初めて手がけたというふれ込みのテレビドラマへの好意的な感想を述べた。莉桜は曖昧にうなずく。その番組はもちろん見ているけれど、正直面白さがわからなかった。ざらりとしたユーモアやびっしりとちりばめられた小ネタ、こちらを突き放すような展開の早さに戸惑っているうちに終わってしまった。ああいったものがわかるとは、クズケンの感覚はやっぱり新しいのだろう。もっとわかりやすくて、明るくて、ポジティブな持ち味のものが好みだ。泣いて笑って恋をして、一人の夜もいいけれどやっぱりガールズトークで本音をぶちまけたい――。恋愛よりも友情に重きを置く、パワフルで前向きな女の群像劇。どんな設定でも必ず性格の異なった四人のヒロインを用意する手法は「リオメソッド」と名付けられた。莉桜の描くハッピーで華やかなドラマは一時、社会現象ともうたわれたのだ。有名女優らが奪い合うようにして、莉桜の脚本を欲しがった。毎晩、テレビ局や事務所で深夜まで打ち合わせをし、寝る暇もないほど書いて書いて書きまくった。そのうちの一本は、映画化され大きな賞を受賞した。周囲に望まれるままに、生き方指南書や恋愛ハウツーエッセイまで出した。

「勉強会、いつまでやるんですか？」

クズケンの視線の先には、映画会社から送られてきた売れない女優のカレンダーがあった。金曜日には赤いマルがつけられ、「プロット勉強会」とメモしてある。莉桜主催の勉強会で、クズケンは唯一プロとして育った人間だった。カルチャー知識を競うようなメンバーの中で、彼は異色の存在だった。テレビはそれなりによく見ていたけれど、それ以外のことは何も知らなかったし、なにより自己顕示欲が薄かった。新しいことを学ぶたびに、「すげえ」と素直に感嘆し、翌週にはそれを身に付けてきた。課題は一つ残らず提出し、リサーチ能力も長けていた。一日も早くプロになろうと気を張り詰める様は、かつての自分を見るようで、えこひいきしていたことは否めない。いつしかクズケンは莉桜の執筆のサポートを引き受けるようになり、田村を紹介したことをきっかけに大きく飛躍した。莉桜の連ドラの一話分だけを担当する形でデビューするまでに時間はかからなかった。クズケンの執筆した回の視聴率は普段を上回っていた。彼への感情が少しずつ変わってきたのはその頃かもしれない。自分にはドラマしかない。しかし、クズケンだったらおそらく何をやっても成功する。ならば、何故ドラマなのだろう。クズケンが自分に憧れこの世界を目指したと口にするたびに、白々とした気持ちになるのを止められない。

「若手を育てることくらいですからねえ。今、私にできるのは」

「またまた。ていうか、見所ありそうなやついます？　今、知り合いのプロデューサーが企画募集しているんですけど、使えるプロットあったらまわしてくださいよ」

「いやあ、もうみんな口ばっかりだよ。自分語りばっかりで、全然企画出さないもん。いっちょ前の口きくくせに、あんたみたいにモノになりそうな人材はゼロ」

勉強会を続けていきたいのも、事務所を手放したくない大きな理由だった。もやの中から、テレビ局のロゴがぼんやりと浮かびつつある。黄砂がようやくおさまったようだ。

「伊藤がさあ、さっき、自分のコイバナを熱く語り始めちゃってさあ。なんでも、『猫みたい』な女の子と真面目な女の子の間で揺れてた時の話。会えば喧嘩ばっかりだけど、深いところでは通じ合ってたんだって!!」

伊藤を真似て、莉桜は大げさに肩を持ち上げてみせる。クズケンは笑わなかった。

「コイバナ？　伊藤先輩が？　あの人、まともに付き合ったことなんてないだろ。童貞が何言っちゃってんだよ」

勉強会のメンバー全員の憧れであるクズケンが、年上の伊藤を「先輩」と呼ぶのはなんとも皮肉だった。莉桜は我慢できずぷっと噴き出す。こんな風に陰で伊藤をおちょくるのが何よりの楽しみだった。

「だよね！　アイツさあ、実名でブログやり始めたらしいよ。批評家気取りで春ドラマぶった切ってるんだけど、批判の角度のダサいことダサいこと……」

「もうやめません。あの人の話」

伊藤の名前が出ると、クズケンは珍しく不機嫌になり、口数が減る。お調子ものの彼が負の感情を露わにすることは珍しい。この二人の間に何かいざこざがあることに、莉桜はとっくに気付いている。どの点においても勝者に違いないクズケンが何故、伊藤に対してこんな色を浮かべるのか、よくわからない。

ほんの一瞬、下水のようなにおいが漂った気がする。今まではまったく気付かなかったにおいだった。もしかすると、これは自分から発せられるものなのだろうか。浴室のドアに目を向けたら、しばらくそこから動かすことができなかった。

クズケンは鮨を食べ終えると、煙草をもう一本だけ吸い、帰っていった。

2

乃木坂にあるスポーツジムの帰り道、莉桜は六本木トンネルを使うことにしている。蔦《つた》に覆われた黒々とした入り口からして、幼い頃、絵本で読んで憧れた洞窟のようで、これからめくるめく冒険が始まる魅惑に満ちている。

一歩足を踏み入れると、ぽっかり広がった空間に自分の足音だけが響き渡る。人通りはいつも少ない。トンネルを通り抜けるまでの間、誰ともすれ違うことがないのはしょっちゅうだ。今が昼だということを忘れるような、淡いオレンジ色の静かな暗がりが遠くまで広がっている。時折自分を追い越していく車だけが、六本木の喧噪《けんそう》を思い出させてくれる。筒型の空間に閉じ込められた湿った冷気が頰をなでた。

いつもと変わらず、歩道の中程にはホームレスの段ボール小屋があった。まだ数十メートル手前なのに、風に乗ってほのかな異臭が漂ってくる。体が強張る。あの前を通らねばならない——。シャワーを浴びたばかりの背中にじわりと汗が滲んだ。

段ボールでできた長方形の小屋のそばに、古い毛布が人間の形に盛り上がっている。小屋には夜にならないと入らないのだろうか。壁際には雨に濡れて膨らんだ雑誌や漫画が整然と並べられている。毛布の中にいるのはどんな男なんだろう。案外、几帳面な性質なのではないか。元は大企業の社員で妻も子もいる。ある日、突然すべてが嫌になって、行方をくらまし、ここに辿り着いたのではないか。なんとなく、痩せ形で背が高く頬骨が出た、五十代くらいの男である気がした。彼と莉桜の距離はどんどん縮まっていく。

あの前を通るなり、ホームレスがむくりと起き上がるのではないか。自分を捕らえて、段ボールの中に引きずり込んだらどうしよう。自分が女であるという現実が突然くっきりと量感を持って立ち上がってくる。スウェットの中の乳房や性器の位置を強く意識する。膝の裏がじんわりと濡れる。段ボールの闇に光る濁った白目。べたついた髪。垢じみた皮膚が莉桜のそれに重なる。吐き気を催すほどの激しい体臭が、鼻から口から容赦なく侵入してくる。服を乱暴にむしりとられる。頬を強く打たれ、内腿を押さえつけられる。肩を嚙まれ、手首を折られる。きっとすべてが終わるまで助けはこない。裸にされて、トンネルに放り出される。傷は一生消えないだろう。莉桜は息を止め、なるべく見ないようにして段ボール小屋の横をすり抜ける。目の端で毛布の膨らみがかすかに動いた気がした。

最後は半分駆け足でトンネルを抜けると、眩しい光が差し込んだ。大きく息を吸い込む。六本木の汚れた空気のはずが、まるで高原のように澄んで感じられる。ビルの合間のわずかな青空に莉桜は目を細めて歩き出す。体がふんわりと緩んでいくのがわかった。この数秒の間、自分がどれほど緊張しおびえていたかを実感する。このスリルは単調な生活のアクセントになっていた。最近ではジムの帰り道は必ずトンネルを通ることにしていた。高揚感が冷めないうちに帰宅して、すぐにオナニーすることもある。想像の中、ホームレスに組み敷かれる自分は、現実よりはるかにたおやかでほっそりした女だった。

小さい頃から日常のあらゆる場面で、わざと最悪の想像をして心を遊ばせていた。あの家の前を通る間に、庭先の犬と目が合ったらお母さんが死んでしまう。アスファルトの白線を辿る時にはみ出してしまったら奈落にまっさかさま。悪い予想をすればするほど、いつもの景色がちょっぴり違って見え、自分の幸福や安全をなぞれるところが好きだった。誰にも打ち明けたことがない秘密の遊びだったのに、他の子供たちも同じようなことを楽しんでいると知った時はがっかりしたものだ。そんな失望とも言えない小さな失望を、成長過程で数え切れないほど味わうことになる。自分にしか理解できないだろうと思っていた単館上映のインディーズ映画が異例の大ヒットをした時。一生ものの出会いだと思っていたフランス文学を舌っ足らずなしゃべり方のアイドルが愛読書として雑誌で語っていた時。自分の感性は凡庸なのだから努力が必要なのだと悟るのは、人よりも早かったかもしれない。

トンネルを出て短い横断歩道を渡る。自転車置き場の先の短い階段を上り、高速道路の下へと出た。

三十三年間の人生で、莉桜が知っている男はたった一人。プロデューサーの田村としか寝たことがない。ひょろひょろと手足が長く、まくれたピンク色の唇と涙袋の目立つ大きな垂れ目が特徴だった。軽妙で女っぽいしゃべり方に似合わず若白髪が多くて、二人の時は物静かで思慮深い話し方をした。元は文学青年だった田村は、莉桜の一番の理解者であり、なんでも相談することが出来た。十年くらいだらだらと続いた、恋人ともセックスフレンドともつかない曖昧な関係は、彼が莉桜よりはるかに年下のタレントと結婚したのを機に呆気なく終わった。恨むこともなく、莉桜はすんなりと別れを受け入れた。ほぼ家庭内別居状態だった両親を見て育ったせいで、結婚願望は薄い。むしろ、仕事のチャンスを与えてくれただけではなく、一人前の女にしてくれた相手として、未だに田村に感謝さえしている。

田村と付き合い始めたあの頃、莉桜に言い寄ってくる男などいなかったのだ。一足早く社会に出たせいで、同年代が子供にしか見えなかった。いや、そんなのは言い訳で、美人ではないし、甘えるのも苦手だ。異性とどう接していいか今なおつかみかねている。田村くらい年齢が離れていないと、自分を素直に出せない。急に日が沈んだ気がして、莉桜は視線を上に向けた。高速道路で青空が遮られたのだ。

この高速は父の住む用賀につながっている——。その気になれば三十分とかからない距離なのに、もう一年近くも会いに行っていない。仕事が入ってこない以上、忙しさを言い訳にできなくなっていた。できるだけ目に入れないようにしてきた、自分は父親が大の苦手だという事実だけが、高速道路にながながと横たわっている。

五年前、母が出ていってからというもの、無口で気むずかしい父とどう接していいかわからなくなっている。嫌いというわけではないが、母というクッションをなしに、幼い頃から交流らしい交流をしていない。輸入会社で課長を務め、ワインの買い付けで成功した社交的な母と正反対に、仕事は続かず友達もおらず、自宅でふさぎ込むことの多かった子供っぽい父。父が全身から発している孤独と卑屈さに向き合いたくない。なにより、自分の部屋そっくりの荒れた実家を見たくなかった。かつては母が居心地よく整えたあの家は今、生ゴミと古雑誌で溢れ煙草のヤニに染まっている。その真ん中で、何をするでもなく寝そべって煙草をくわえ、ぼんやりとテレビを見ているのが父だ。とても直視できない。なんでも相談できた母は定年後、在職中に知り合ったアメリカ人のワイン園オーナーと再婚し、カリフォルニアで暮らしている。母を恨むつもりはない。長い間、一家の大黒柱で、母で、妻で、休む間もなく働いていたのだ。あれ以上、頑張れだなんて誰が強要できるだろう。父の面倒は今、自分が見るしかないのに、ひどい娘だと我ながら思う。故郷にすべてを捨てて、都会でひらひらと生きるキャリー・ブラッドショーが改めて、羨ましいと思った。バックグラウンドを感じさせない彼女の軽やかさに憧れていたけれど、よく考えれば身軽な三十代なんてどこにいるのだろう。

マンションに辿り着き、いつものように外階段を使って二階へと進む。事務所の前で通路に座っている男の姿があった。長い脚をもてあますように膝を抱えている。莉桜を認めるなり、ぱっと顔を輝かせた。

「あ、矢崎女史！」

勉強会で伊藤が莉桜をこう呼ぶたびに忍び笑いが起きるが、彼はおそらく知性と礼儀正しさを表現し、周囲から一歩リードできると思い込んでいるようだ。

「あれ、伊藤君？　今日、勉強会だっけ」

こんな風に待ち伏せされることは初めてだった。

莉桜は彼の目の奥をまじまじと覗き込む。吸い込まれるほど白目が澄んでいて、かすかに青みがかっている。莉桜は鍵をドアノブに差し込んだ。

「特に用はないんですけど、偶然通りかかったもんですから」

明らかに嘘だとわかるのに、すまし顔で伊藤は立ち上がる。伊藤を部屋へと招き入れ、莉桜は手にしていた財布をぽんとデスクに放る。

「ねえ、この部屋、変なにおいしない？」

さあ、という風に伊藤は曖昧に微笑み、肩をすくめた。彼の芝居がかった仕草は陰で物真似の対象になっているが、気付く様子がない。常に自分がどう見られているか気にするくせに、外側で起きていることに案外無頓着だ。黄砂が窓ガラスを強く叩いた。ぱちぱちと細かい石粒が打ち付けられる音がする。伊藤が所在なげに突っ立ったままでいるので、ソファを勧め、何か出すものはないかとキッチンに目をやる。

「あ、日本茶でいいですよ？　ダイエット中なのでお菓子はいらないです」

なんの屈託もない声が背中でした。電気ポットで沸かしっぱなしの湯を比較的綺麗な湯飲みに注ぎ、一つだけ残っていた緑茶パックを入れ、伊藤に差し出した。彼の向かいの椅子に腰を下ろす。当然のことながら、伊藤は手土産など買ってきていない。

彼は無言でじっと「セックス・アンド・ザ・シティ」のポスターを見上げている。

「『セックス・アンド・ザ・シティ』って苦手です。四人とも若くも美人でもないじゃないですか。がつがつしていて暑苦しいですよ」

「ははは。日本の男の人はよくそう言うよね」

特に深い意味はなく言ったのに、他の人間と一緒にされることを何より嫌う伊藤は、途端に眉をひそめ、唾《つば》を飛ばさんばかりの勢いになった。

「女同士でつるんで楽しそうだなんて、絶対に嘘だと思いますよ。女同士に友情なんてあるわけないし、どろどろしてて足の引っ張り合いだけでしょ。それに、女だけで楽しそうな人種って、見てて腹立たしいんですよ。男を舐めてますよ」

「どうして？」

「きゃあきゃあ楽しそうな様子を見るだけで、私たちは私たちだけでやっていける、男なんて必要ない、男の存在価値がないって言われている気がするんです。世界は男女で幸せになるべきなのに……。いい恋愛ドラマが生まれないのもああいったドラマの風潮のせいじゃないんですか。僕はちゃんとした日本らしい男女のドラマを書きたいと思ってるんです。山田太一とか倉本聰みたいな……」

伊藤はもう憎々しげといっていいような表情を浮かべている。莉桜の作品への批判となっていることに、気付いているのだろうか。女同士にだって確固たる友情がある、と主張しようとして莉桜は口をつぐむ。証明しようにも、自分に同性の友達はいないのだった。同時に、伊藤にもまた同性の友達がいないのも確かだった。男たちのちょっときわどい冗談やあけすけな打ち明け話の輪に入れずもじもじしている姿を事務所で、サークルの部室で、飲み会で、莉桜は何度も目にしている。

「ええっと、適当に座っててもらえるかな？　ちょっとトイレ行ってくる」

莉桜は必要以上に優しくほがらかになっていた。バスルームに入り、ドアを閉める。彼の視線から逃れただけで、ほっと体が緩むのがわかる。伊藤を前にすると、何故かいい人に見られたがる自分がいた。

トンネル内の妄想のせいで、下半身にむずむずとした感覚が残っている。スウェットと下着を下げ、冷たい便器に腰をつける。伊藤が隣室にいるこの状況でオナニーするわけにもいかず、どうするべきかと考えているうちに、ちょろちょろと細く、途切れ途切れに尿が出てきた。くすぶっていた性欲は呆気なく消えていく。こうしてこまめに排泄して、すべてをうやむやにしてしまう自分につくづく失望してしまう。欲望を溜め込み、爆発させることのできる天才タイプだったらどんなにいいか。こんな体だから、大きなことを成し遂げられないのだ。

目の前にはガムテープで封をしたバスタブがあった。ひっそりとした低く四角い佇まいは、静かに怒りをこらえている風に見えた。

伊藤を好きというわけでは決してない。この感じは父と向き合った時によく似ている。父を前にすると条件反射で、莉桜は明るく正しい娘を演じてしまう。かつて、母もそうだった。愚痴一つこぼさず常に笑顔で、家庭に仕事にフル稼働だった。父はただ当たり前のように仏頂面でそれを受け取っていた。あの人は父親のポジションを与えられただけで、まるで機能していなかった。守ってくれるわけでも、家族を引っ張るわけでもなく、金を稼ぐわけでも、優しく受け入れてくれるわけでもなく、ただただ大切にされることを要求した。この風呂と同じだ。風呂であって風呂ではない。あの人も父であって父ではないのかもしれない。腰を上げ、水を流すと、なるべくバスタブを見ないようにして手を洗った。ハンドソープどころかタオルもないので、水滴のついた手はスウェットの裾で乱暴にぬぐった。

リビングに戻ると、莉桜はつい言い訳がましい口調になった。

「久住君にね、もしかして、変なにおいがするのはお風呂を塞いでいるせいじゃないかなって、言われたんだ。その日から、なんか怖くてバスタブの中身が夢に出るくらいなんだ」

「ふうん……」

クズケンの名が出るなり、伊藤の表情が曇ったのがわかる。莉桜は内心おかしくてたまらない。伊藤の機嫌を損ねる方法はいくつかあるけれど、一番手っ取り早いのは、同年代の成功者の名を出すことだ。それが遠くかけ離れた人種、例えばスポーツ選手であれハリウッド俳優であれ、面白いくらい伊藤は落ち着きがなくなる。もっともっとしょんぼりした顔を見たくて、鈍感を装って追い打ちをかけた。

「ねえねえ、今やってる久住君のドラマ見てる？」

嫌がらせのつもりで言ったのに、伊藤の薄い唇が待ってましたとばかりに歪んだ。

「え、僕の口から言ってもいいのかなあ？　久住君って、そろそろ旬を過ぎた気がします。お洒落で今風の雰囲気を出そうとしているけど、根のところが泥臭くてがつがつしているから、見ていて疲れちゃうんだよなあ。視聴率もふるってないし、そろそろ打ち切りなんじゃないですか」

クズケンがここまでこき下ろされるということは、自分の時はその比ではなかったのだろう。莉桜は少しだけ苦い気分を味わう。批判となると思わぬほどのエネルギーを放つのが伊藤なのだ。話を換えたくて、独り言のようにつぶやく。

「それにしても、マンションの一室にある事務所って、必ずお風呂を塞いじゃうのはなんでなんだろうね。使いそうになる自分を未然に防いでいる感じがするなあ。別にそのままにしておいたって困るわけでもないのに……」

八年前、バスタブを塞いだ時のことは今でもはっきりと覚えている。誇らしい気分だった。べりべりと勢いよくガムテープを伸ばし、バスタブの四方に張り巡らすうちに、何かを突破した気分になった。明らかに特殊な階級の仲間入りを果たした手応えを感じた。あの瞬間から、この部屋は住居でなくなったのかもしれない。この前、クズケンと話しているうちに初めて気付いたが、この事務所を事務所たらしめているのは「OFFICE YAZAKI」という表札でもなく、窓から見えるテレビ局でもなく、部屋中を埋め尽くす山積みの資料でもなく、ましてや自分でもなく、あの塞いだバスタブなのだ。おかげでここは日常生活なんて必要のない、創作物を生み出すための工場になっている。あの塞いだバスタブこそが、仕事がない莉桜を脚本家たらしめているのだと思う。

「最近全然、企画書出さないんだね」

「うーん。書こうとは思っていたんですけど、ずっと温めていた企画とこの間見たアカデミー賞受賞作品がたまたま似ていたんですよねえ。最近、ツイてないんです」

伊藤はまるで苦悩する文豪のように眉をひそめ、湯飲みにふうふうと息をふきかける。

「最近、色々あって……。色々悩んだんですけど、やっぱり、自分には物を書く仕事しかないなって思うんです。今やっているアルバイトは正直、誰にでもできる仕事だと思うし……。僕じゃないとできないっていう、そういう場所に立ちたいんですよね。能力を正当に評価されたいんです」

　ああ、始まった。伊藤はいつも、こうだ。何も失わず、辛い思いもせず、差し出さず、莉桜やクズケンが手にしているものをごく当然のように欲しがる。半笑いを浮かべて物欲しげに座っていれば、誰かが動いてくれるはずだとかたく信じている。脚本家になりたいというより、就職活動をしないための理由を常に探しているのだ。ピックアップされるのをただただひたすら待っている。だから、彼と向き合う人間は自然、何役もこなすことを要求される。

「ああ、そうだ。莉桜さん。僕のブログ、読んでくれましたか？　この春始まったドラマを辛口批評しているんです。正直、すごく本質をついていると思うんですよね」

「へえ、本当？　今度見てみるわ」

「僕、批評の仕事も向いてるんじゃないかなあって思うんです。週刊誌に載ってるドラマ評なんてみんな的外れだし、正直僕の方が書けるんじゃないのかなって」

　学生時代、いち早く社会に出た莉桜にダメージを与えていたのは、こうした連中だったっけ。売れているものにはなんでもケチをつけ、安全な場所から決して飛び出すこともなく、それでも自分は何かになれるに違いないと無邪気に信じている若者たち。莉桜のがむしゃらさを冷笑し、ナイフで体をえぐるような言葉を投げつけたのは、テレビ業界の一線で働く顔色のどす黒い連中ではなかった。同じ授業を受けていたのんびりとした気のいい学生たちだった。

伊藤だけではない。勉強会に来ている全員にも同じことが言える。彼らの青臭い理想論や誰かの受け売りに違いない映画や本の知識、ぼんやりしたプロット、見通しの甘い夢を聞いているたびに、歪んだ興奮に満ちてくる。もともと芯のない彼らをぐずぐずに腐らせるためにはどうしたらいいか、と夢中になって考えてしまうのだ。性格が悪いことは自分でも重々承知している。

咳をすると肺で音がする。自分だけにわかる、からころという、缶の中で釘が転がっていくような音だ。莉桜がむせても、伊藤は特に心配そうではなく、何もない表情を浮かべている。彼にとって莉桜は自分に光をあててくれるかもしれない女。それ以上でもそれ以下でもない。今、目の前で咳のし過ぎで死んだとしても、話しがいのあるエピソードくらいにしか思わないだろう。

「そうそう、今日は矢崎女史に報告があるんです。僕、長編を書こうと思ってるんです。シナリオコンクールに出してみようと思って。いつまでもここで勉強していても、仕方ないですよね。今度こそ一歩前に出てみようと思って」

さあ、褒めて。さあ、評価して――。無邪気な甘えをたたえて、伊藤はきらきらした笑顔でこちらを覗き込む。莉桜の体の中心はぴんと張り詰め、そのまま小刻みに震え始めた。加虐心《かぎやくしん》が指先まで行き渡っていくのを感じて、慎重に言葉を吟味する。伊藤を前にすると普段使っていない筋肉がひくひくと動く。

「書きたいことができたんです。僕自身の体験をすごく書いてみたくて。去年、僕の前には四人の女の子が現れたんですよ。振り回されたし、振り回したなあ。まあ、僕の方から全員フったんですけどね。捨てたのは全部僕からです、結局。ねえ、四人それぞれの視点で一人の男を描くのって斬新だし面白そうじゃないですか？」

莉桜の機嫌をうかがうように、伊藤は上目遣いになった。

一人の人間を複数の視点で描く手法はやりつくされている。自分の体験は語られるべき価値があると信じ込んでいる、このおめでたさ。大方、妄想と現実がごっちゃになっているのだろう。莉桜は小さく息を吐く。それに「四人の女の子」を描くのは先輩である莉桜の専売特許ではないか。そもそも、こうやって応募することを周囲に高らかに宣言するような鈍い感性の持ち主は大抵書き上げることなどできない。放送するかどうかもわからないドラマを一人で書いて名前と住所を記して応募する。これ以上、隠して進めるべき恥ずかしい作業がこの世界のどこにあるというのだろう。

伊藤の表情はゆったりしているのに、何故か小鼻が細かく動いていた。内心緊張しているのが伝わっている。彼は今、全身で批判を拒否しているのだ。自分だけは誰からも傷つけられたくないのだ。プロとしてやっていくのであれば批判はつきものなのに。ご都合主義、ワンパターン、前時代的――。莉桜の作品が揶揄《やゆ》されるようになったのは三十歳を目前にした頃だったろうか。莉桜自身、女友達もいなければ、たいして恋愛経験を積んできたわけでもない。風俗の描写も女たちのやりとりも恋の仕掛け方も、すべては「セックス・アンド・ザ・シティ」の受け売りなので、リアリティがないのは当たり前だった。忙しさに流され、もともと少ない仲間ともどんどん疎遠になっていった。自分が描いた登場人物が通うような行きつけのレストランもバーも、莉桜は一つとして持っていない。二十代はあっという間に過ぎていった。

そうこうしている間に、当時は知る人ぞ知るドラマだった「セックス・アンド・ザ・シティ」は二度映画化されて、そのどちらも失敗した。ドラマにはあった繊細な描写もウィットもない、騒々しいだけの中年女性のドタバタコメディは目利きの人間たちの嘲笑のまとになった。スターバックスもクリスピー・クリーム・ドーナツも地方都市の駅ビルに入るようになった。莉桜に仕事が来なくなったのはその頃かもしれない。

ここ数年で完全にクズケンら若手にとって代わられている。それでも、売れっ子の彼とて全盛期の莉桜の高視聴率には遠くおよばないのが、唯一の救いだ。莉桜が駆け出しの頃から、すでにドラマ冬の時代と言われていたが、当時が冬なら今はもう氷河期だろう。そもそもテレビを見ている、ドラマを見るのが好きだ、と口にすることさえ憚られる風潮が漂っている。誰もがネットで見たい物を見たい時に見ることに慣れきっている。日本の環境はもちろん、テレビ業界もこのまま悪くなる一方だろう。それは誰にも止められない。衰退する文化の真ん中で、莉桜は何をするでもなくぼんやり立ち尽くしている。明らかに劣悪な場所に固執する理由が、最近自分でもよくわからないのだ。もうとうに作り物の世界に希望なんて抱いていない。「あれもだめ」「これもだめ」と規制の嵐を浴びるうちに、いつしか「書きたいもの」より「確実に放送できるもの」を目指すようになった。原作を大幅に変更することになんの罪悪感もなくなった。

「あのさあ」

莉桜はゆっくりと厳かに口を開く。

「コンクールに応募して、入選するなんて宝くじにあたるような確率だよ。万が一の可能性に賭けるより、ここでコツコツ企画書を勉強しながら、腕を磨いていく方がいいじゃない。コンクールに向けて書くなんて、星をつかむようなものだよ？　せっかくの長編がもったいないじゃない」

嘘だ――。百の企画書を出したところで、企画書作りが上手くなるだけだ。自分の言葉で物語を執筆しない限り、シナリオの技術は決して向上しない。身をもって知っているのに、莉桜はかつてたくさんの大人にかけられた言葉をそのまま繰り返す。

「焦ってデビューしてもろくなことがないよ。たくさん映画を観たり、本を読んだりして、貯金をたくさん作っておいた方がいい。プロになった時、アウトプットできなくなる。今、吸収したことは必ずあなたの貯金になるから」

これも嘘だ。どんなにいい本を知っていようと、一億ものドラマや映画を観ていようと、いい脚本家になれるわけではない。知識なんて問題ではない。書く意志しか、その人を決して、先に進ませない。逆に、勉強やインプットは後からいくらでもできる。現に、軽薄そのものでろくに本も読まないようなクズケンは闘争心だけであっという間に莉桜を追い越した。ごちゃごちゃ言わずにただ筆を執ること。一字でいいから書くこと。拙《つたな》い言葉でもいいから。今回ばかりは伊藤の決断は正しいのかもしれない。

デビューしたばかりの頃、同業の先輩からたくさんのアドバイスを得た。そのほとんどが、今莉桜が口にしたような「書くな」「休め」「自分を安売りするな」だった。口当たりのよいアドバイスに何度も引きずられた。今にして思えば、彼らもまた、莉桜の足を引っ張りたかったのだろう。すべてが上手くいっていたから、嫉妬を受けていたことに当時は無頓着だった。現に今、莉桜に連絡をくれる同業者といえば、クズケンしかいない。

「あまり、焦る必要ないと思うよ」

面白いように伊藤の目の色から光が消えていく。でも、どこかで安心しているのは丸わかりだ。彼が今日わざわざここに来たのは背中を押してもらうためではなく、「頑張らなくていい。このままでいい」と甘やかしてもらうためなのだ。日が陰り始め、端整な伊藤の顔がぼんやりと沈んでいく。彼のやる気を根こそぎ奪うことに成功したのがわかった。

思い起こせばこうやって、莉桜は伊藤を創ってきたのだと思う。二十一歳の彼と出会った時、これはクズケンとは真逆の意味で育てがいがあると思った。当時の彼は友達も恋人もおらず、ただひたすらプライドの高い自分を持て余していた。自分は人とは違う、という漠然とした意識はあるものの、それをどう表現していいかわからず、かといって安全な立場を逸脱する勇気もなく、周囲を見下したような冷たい笑みを張り付かせ、ドラ研の隅っこでじっとこちらを見つめていた。なまじルックスがいいものだから自分の本質に気付けず、常にびくびくとおびえきっていた。売れっ子だった莉桜は、ほんの気まぐれから、そんな彼にありったけの賛辞を浴びせたのだ。

――いいセンスを持っているね。ここにいる子たちと全然違う。

――伊藤君みたいな人ってある日、突然花開くんだよね。

――すごく、本や映画に詳しいね。見所があるな。

――社会人になりながら執筆してプロを目指す人もいるけど、ほとんどがすぐ挫折しちゃうんだよ。毎日の忙しさの中に流されちゃうの。そんな中で、睡眠時間を削って、気力を振り絞って書き続けられる人は本当に稀よ。本当に本当に稀よ。少なくとも、私には無理だな。

莉桜のせいで、彼は就職をあきらめたのだと思う。八年かけて、莉桜は伊藤を完成させた。恋をすることも、何かになることも、あきらめることさえまともにできない正真正銘のクズ。それが伊藤だ。彼こそが、莉桜が渾身の力で仕上げた代表作かもしれない。彼を見るたびに、不思議な爽快さと嫌悪感が同時に広がる。体から膿《うみ》をにゅるにゅる絞り出すような感覚に莉桜はやみつきになっている。誰にも打ち明けたことはないけれど、伊藤と接する時だけ、心がなめらかに寛大になるのを感じている。仕事が上手くいっている時代も、暇な現在も、そこだけは変わらない。

「すごく大変だよ。プロになるのって。プロで居続けることもね。心に貯金がなければ、とても前には進めない」

莉桜には伊藤が必要だ。伊藤にも莉桜が必要だ。時々彼が憎いのか、可愛く思っているのかわからなくなる。目が離せない。彼の人生がいっこうに始まらないのを定期的に確認するたびに、莉桜は深く満足してしまう。

絶対に認めたくないけれど、本当は伊藤が怖いのかもしれない——。なぜって、伊藤の力量はまるで見えないのだ。驚くほど自分から何も差し出さないから。さらに、彼は見たいものしか見ない。つまり、完全なるフェイクを作り出せるということだ。自分にとって居心地良い世界を細部まで思い描けるということだ。誰にも邪魔されずにはぐくまれたその特殊な能力が、花開かないなんて、一体誰が断言できるのだろう。

「そうですよね。焦るのはやめます。でも、もし長編が書けたら真っ先に莉桜さんに送りますね」

「もちろん、楽しみにしてるよ」

優しげに目を細める。書けるものなら、書いてみやがれい——。

「僕もね、そろそろ千葉の実家を出て、一人暮らししてみたいなって思うんですよねえ。親がいい加減、うるさくて。乃木坂あたりで七万円くらいで住める物件、ないですかね？　どうせだったら、莉桜さんの事務所の近くに住みたいんです。テレビ局に近いとおいおい便利だし」

莉桜は舌打ちをこらえる。ネットで下調べすることすら厭うのか。そんな家賃で港区に暮らせるだなんて、この男はどこまで世間知らずなんだろう。

黄砂が窓ガラスを叩く中、伊藤はソファをどのブランドで買うべきか、と熱心に話している。

3

六本木トンネルの中を莉桜は歩いている。

ホームレスの段ボール小屋まであと少しだ。今日は不思議とにおいが気にならない。急に甘い気持ちが襲ってきて、莉桜は足を速める。いつもより早く、毛布をかぶって寝ている男の前までやってくる。心を決め、毛羽立った毛布をつかんで勢いよく引いた。そこに寝ていたのは、老いて小さくなった父親だった。ぽかんと開いた口の隅に泡がたまっている。落ちくぼんだ目はトンネルの暗闇をじっと見据えていた。

悲鳴と一緒に目が覚めた。ソファから身を起こすと薄闇の中、デスクの前の椅子に、田村が腰かけ、携帯電話を見つめている。端末の光が顔周りを明るく照らしていた。莉桜はもう一度ひっと叫んだ。

「鍵開いてたよぉ。相変わらず、不用心だなあ」

　窓から見える空はとっくに藍色に変わっている。今は何時くらいなんだろう。テレビが消音のまま点けっぱなしになっていて、ゴールデンタイムのバラエティ番組を映し出していた。今日は勉強会だったが、久田と戸川の二人しか来なかった。こんなことは初めてだ。常に後輩の盛り上がるがままに任せていて、莉桜は何も用意していないため、勉強会はすぐに終わってしまい、二人は不満そうな顔のまま、帰っていった。退屈に飽かせて昼過ぎになんとなく音を消してテレビを眺めるうちに眠ってしまい、そこから先は覚えていない。しんとした空間に高速道路を次々に通り過ぎる車の走行音だけが響いていた。途切れ途切れに入り込む車のライトとテレビの光だけで、部屋の隅々まで青白く浮かび上がっている。

　田村に会うのは一年ぶりだった。これは夢の続きではないかという気がして、莉桜はまばたきした。状況を呑み込んでいくうちに、肩の辺りがそわそわと温かくなってきた。上下スウェット、ぼさぼさの髪にすっぴんという自分の出で立ちを思い出したが、それでも少しでもましに見せたかった。

「わあ、久しぶり。どうした〜？」

　極力愛らしく子供っぽく見えるように、丸めた手で目をこすってみせたが、田村はそっけない。顔をしかめて部屋を見渡すばかりだ。

「噂には聞いていたけど、本当にここ汚いねえ。病気になっちゃうよ。久住ちゃんが心配してたの、本当だったんだなあ」

シャツの隙間から今にも肌が覗きそうで、かなり太ったように思える。顎の辺りのもたつきは、貫禄といえなくもない。田村はデスクの上に置かれた大きな包みを示す。

「美味しそうな毛蟹を見つけたから、お土産。蟹好きだったじゃん。矢崎」

蟹が好きなわけじゃない――。食べ方なんてよくわからない。それでも、ありがとう、と笑いかける。料亭で温泉宿で、田村にほぐしてもらう真っ白で甘みのある蟹の身が好きだったのだ。最初に彼への好意を意識したのは、大学三年生の頃、打ち合わせと称して中華料理を食べに行った時だ。小さな悪魔を思わせる真っ赤な上海蟹を器用なはさみ使いでぱきぱきと解体し、細長いスプーンを使って丁寧に蟹肉をかき出してくれた。親鳥のような優しさで、白い蟹の身を小皿にこんもりと盛り上げ、気前よく差し出したのだ。大人の男がそんなことをしてくれるなんて、莉桜には信じられなかった。父はいつも食卓でふんぞり返って、椅子に腰を下ろすこともなくせわしげに働く母にぼんやりした視線を投げていたっけ。

「あ、そうそう。矢崎んとこの勉強会に来ている伊藤君が長編を一本書き上げたらしいじゃん」

田村の言葉を聞くなり、喉が鳴ったのがわかった。胃が大きく波打つ。昼過ぎにむさぼったウェンディーズのチリがせり上がり、吐き出しそうになった。嘘だ、嘘だ、嘘だ。そんなのあり得ない。頭がすっと冷えていく。

「田村さん、伊藤と連絡取り合ってたの？」

「え、矢崎がこの事務所で紹介してくれたじゃない。あの時に名刺のやりとりしたでしょ。メールが来たのは初めてかな？　長編のさわりだけ送ってくれたんだけど、これがどうして、なかなか悪くないんだなあ。出てくる女の子四人が、みんな個性的で可愛くてさ」

裏切られた——。一週間前に交わした、長編を書き上げたら莉桜に一番先に読ませるという約束が破られた。飼い犬に手を嚙まれたなどという生易しいものではない。伊藤は自分をはっきりと出し抜こうとしている。田村がここに来た目的が見え、じわじわと疲労が押し寄せてくる。一瞬でも甘やかなものを期待した自分に平手打ちをくわせたくなる。

「意外とああいう、くすぶってたタイプがぱっとスターになるのかもしれないよね。三十近いのにアルバイトやりながら、学生に交じって書き続けてるなんて殊勝じゃないか。

コンクールに応募するつもりみたいだけど、僕がもらえないかなって考えている。まずは企画書の形にさせてみて、冬のドラマ会議に出してみようと思っているんだ。一応矢崎の弟子なわけだし、声かける前に仁義をきっておこうと思って」

喉の奥が暴れ出したいほどむずがゆい。首をのけぞらせ血が出るまで掻きむしりたくなった。自分がずっと恐れていたのは、この日だったのだ。伊藤がトンネルを突破する日。覚醒して莉桜を踏み越える日。

自分にもクズケンにもモラトリアム期間はまったくなかった。しかし、それは同時に深いコンプレックスを植え付けていた。誰にも踏まれていない真っ白な部分は、莉桜の体にはすでにないのだ。反対に伊藤は余白だらけだ。可能性の固まりだ。それだけでは、どうしても勝つことができない。まだ一度も点数のついたことがない伊藤は、莉桜にとって最大の脅威だったのかもしれない。あんなやつの思い通りにはさせない。クズケンの能力は認めざるを得ないけれど、伊藤にだけは絶対に絶対に負けたくない。久しぶりに体が熱くなるのがわかった。可能な限り、なんでもない風を装って口を開く。

「ねえ、伊藤の企画を会議に出すなら、あさってまで待って。もっと面白いのがあるの。ずっと温めていたプロットがあるんだ。私も企画書を出したいな」

出任せだったが、勢いでねじ伏せてしまえると思った。腐ってもほんの数年前までは売れっ子だったのだ。

「え、後輩と張り合うの？　あの矢崎莉桜がそこまでする必要ある？」

田村の目がすっと冷ややかになったのがわかったが気付くまいとする。莉桜は身を起こし、椅子のそばまで行くと彼の腰に手を回した。懐かしいシャツのにおいを思い切り吸い込む。

彼を好きというのとは違う。もうとうに熱い感情など冷めている。ただ、今は人のぬくもりを感じたいだけだ。性欲はずっとくすぶっているけれど、いちから誰かと関係を築くのはおっくうだった。他人と出会い、深く知り合い、感情を探り合う。田村の腹回りにだぶついている肉がいとおしいもののように感じられる。このままた彼とずるずると元の関係に持ち込みたい。そうしたら、何かをしている気になれるかもしれない。色々なことを考えなくてよくなるかもしれない。こちらの手を田村はやんわりふりほどいた。

「まあまあ、落ち着いてよ。僕、もう既婚者なんだよ。奥さんは今、妊娠してるし」

莉桜は曖昧に微笑む。田村が若いADと不倫していることは有名だ。彼は夢を追いかけるひたむきな若い女がなにより好きなのだ。一瞬、殴りつけたくなったが、我ながら、びっくりするほど甘えた声が出た。

「頑張るから。私、頑張るから。田村さんが面白いって言ってくれるような作品書けるように頑張るから。少なくとも、伊藤よりははるかに面白いものを出す自信あるよ」

健気に見えるように、まっすぐに田村を見上げる。かつてはこの視線を向ければ、田村はいちころだった。可愛くてたまらないように髪をくしゃくしゃに乱してくれた。しかし今夜は、困惑したように目を逸らされただけだった。

「じゃあ、矢崎の企画も期待してる。お邪魔しました」

椅子から立ち上がると、こちらを優しく押しのけ、玄関へと向かう。

「なんかこの部屋におわない？　死体みたいなにおいがするよ。たまには掃除しなさいね」

ドアが閉まる直前、田村はそう言い放った。追いかける気力はないし、もう一度眠ることもできない。しんとした静寂に取り込まれるのが怖くて、莉桜は携帯電話に手を伸ばす。こんな夜なら声を聞ければ誰でもよかった。微妙な時間だ。たった一人、電話に出てくれそうなクズケンはおそらくこの時間は飲みに出かけているか、集中して仕事をしている。息を止めて、父の番号を選び出す。呼び出し音が続き、あきらめてほっとした瞬間、声がした。

「どうしたんだ」

「ああ、どうも、こんばんは。元気？」

「……莉桜か」

戸惑っているのが丸わかりの、くぐもった声だった。どうしよう、何か話さなくては。用がなければ電話などしてはいけないのかもしれない。別人のような明るくほがらかな声が出た。

「元気かな、と思って。何か困ったこと、ある？」

「別になにもない」

それきり父は黙り込んだ。罪悪感で喉が苦しくなる。不器用さと哀しみが受話口から溢れ出し、莉桜の耳を圧迫する。優しい言葉をかけなければ、と焦りで体が汗ばんでいく。肉親を孤独なまま放っておくなんて、自分はゴミだ。ゴミ以下だ。母が居なくなったぶん、莉桜が引き受けねばならない。仕送りすることも考えねば。優しい娘、稼ぎ頭、家政婦――。でも、どこかで声がする。なんでそんなことしなくちゃいけないんだろう？　なんでこんなに気を回さなくちゃいけないのだろう。仕事でも進学でも、父の力を借りたことなんてただの一度もないのに。現に父だって、莉桜の体調や仕事を心配したり、慮《おもんぱか》ってくれたことなどない。

無茶をしてでも早く世の中に出ようとしたのは、むっつりした父といつも彼の顔色をうかがう母から解放されたかったからだ。実家と関係のない場所で、誰の目も気にせず羽ばたきたかった。自由になるため、莉桜は多くのものを受け渡した。それなのにこんなに息苦しい。今もどこにも行けない。思わず大きな咳が何回か出たが、父はまだ黙り込んでいる。

「あはは、むせちゃった。ごめん。じゃあ、お父さん、またね」

咳で誤魔化し、一方的に電話を切った。携帯電話を壁に投げつけ、ソファに顔を埋める。

親友が欲しい――。泣きたい気持ちでそう思った。薄闇の中、ポスターのサラ・ジェシカ・パーカーが三人の親友を引き連れ、勝ち誇ったように莉桜を見下ろしていた。こんな夜にこちらの心が晴れるまで話を聞いてくれ、体調を心配してくれ、甘いマフィンの入ったバスケットを差し出し、楽しくて華やかな場所に連れ出してくれる女たち。同性との親密で穏やかな輪を、どうして自分は手にすることができなかったのだろうか。

それは当たり前だとすぐにわかる。莉桜自身、どんな相手にもそんな優しさやホスピタリティを発揮したことがない。役割を果たさない以上、役割相応のもの、つまり信頼や親しみが与えられないのはしごくまっとうだ。しかし、どうやら、父はそれはおかしいと考えているらしい。何をせずとも、自分は大切にされるべき人間だ、と固く信じている。その証拠に父は「寂しい」とも「会いに来て」とも「仕事はどうなんだ？」とさえ口にしない。ただ、こちらが機嫌を取りに来るのをじっと待っている。罪悪感に駆られながらも、どうしても足が動かないのは激しい反発のせいだった。不器用さの奥にある甘えが、莉桜をどうしようもなく苛立たせる。連絡はいつもこちらからだ。こんな風に、父の前ではいつも完全なる独り相撲だった。

「もう嫌っ。なにもしたくないっ。役立たずのクソジジイ！　どいつもこいつもうざいんだよ!!」

居ても立っても居られなくなり、莉桜は叫んで頭を掻きむしった。そのまま立ち上がるとリビングを突っ切り、バスルームへと飛び込んだ。薄闇に浮かぶトイレと洗面台とユニットバス。ひんやりとかび臭く、それはどこか懐かしいにおいだった。鏡にはぼんやりと、だらしない体形のスウェット姿の女が映っている。目はうつろで、髪は鳥の巣のよう。冷たい床に座り込み、頭を抱えて拳で何度も叩く。莉桜はふと目を上げる。バスタブは蓋で覆われ、四方にはびっしりとガムテープが貼られている。今なら、間に合う。莉桜は中腰になり、シャッタータイプの蓋に手を伸ばす。この中は——。汚水、ふかふかのカビ、うごめく羽虫。グロテスクな想像が押し寄せて、身がすくむ。でも、目をつぶって、熱いシャワーで洗い流してしまえばいいのではないか。すぐそこのコンビニまで洗剤とスポンジを買いに走り、夢中でこすり続ければいいのではないだろうか。一時間以内には、いくらなんでも入浴できる状態になる。そうしたら、熱い湯を張り裸の体を沈める。スポーツジムの狭いシャワー室では、とても体の芯までは温まらない。澄んだ湯に身を任せる快感をもうずっと味わっていないのだ。あの体の先端までが柔らかくほとび、血が巡り出す感覚を今すぐ取り戻したいと思った。

　クズケンが口にした「一枚の皿」の話が蘇る。風呂を綺麗にしたささやかな自信で、少しずつ動き出すことは可能に思えた。台所を掃除し、冷蔵庫の腐った食材を捨て、生ゴミを出す。時間は無限にあるのだから、少しずつ少しずつ、この事務所を清潔にすればいい。一瞬、莉桜の心は大きく傾いた。震える指でガムテープに爪を立てる。

　でも、その先は——？　事務所を心地良く整えたその先は？　思い浮かべようとするだけで、喉の奥が詰まって息が上手くできなくなった。足場が定まった以上、莉桜は決断しなければならなくなる。脚本家を続けるのか、やめるのか。自分の力量と今度こそ、真っ向から向き合わねばならなくなる。無理だ。今はとても、そんな勇気が湧かない。小さく息を吐くとバスタブにつかまって立ち上がる。

　のろのろとリビングに戻ると電気を点けた。いくつもの小さな光の輪がまたたき、荒《すさ》みきった部屋のあちこちが視界にくっきりと飛び込む。壁を黒く光る大きな虫が横切ったのがわかった。莉桜はなるべくその方向を見ないようにする。見なければどんなことだって存在しないのと同じなのだから。

莉桜は床にずっと落ちている輪ゴムを拾い上げ、頭皮が裂けるかというほど髪をきつくしばると、デスクに向かう。背筋を伸ばして数カ月ぶりにパソコンのワードを立ち上げた。

4

莉桜はポテトチップスを食べながら、かれこれ三時間もパソコンに向き合い、ＹｏｕＴｕｂｅで耳掃除の動画を見続けている。黒人男性の耳の奥へ奥へと入っていくややぼやけた映像は、米国の耳鼻科でマイクロスコープ撮影されたものらしい。かさぶたのような耳垢がごっそりと掻き出されるのを見ると、へその辺りが粟立ち口の中にじわりと唾がたまる。詰まっていた巨大な垢が螺旋《らせん》を描きながら取り除かれ、ぽかりと暗い穴が現れる様子は、震えるほどに爽快だ。莉桜が何度目かに再生ボタンをクリックした瞬間、ソファに寝そべって雑誌を読んでいたクズケンが乾いた声で言い放った。

「とうとう誰も来なくなったらしいですね、莉桜さんの勉強会。あいつら、やっと目が覚めたんですね」

莉桜がポテトチップスをくわえたまま振り向く。そういえば、明日はもう金曜日だったっけ。後輩の誰からも連絡がないので忘れていた。今日はこれで食事を済ませてしまおうと考えていた。クズケンは雑誌を乱暴に閉じ、ようやく体を起こした。

「ここに居ても未来はないって、今回の莉桜さんの行動で、みんなよくわかったんじゃないんですか。頑張って企画通したところで、あなたにかっさらわれるって身をもって知ったんでしょ」

クズケンは心底うんざりしたといった様子で吐き捨てた。田村が夜ここにやってきてから、何日経っただろうか。あれは夢ではないか、と何度も思ったが、冷蔵庫の中で入れっぱなしにしている蟹が彼との約束を思い出させてくれた。

莉桜は二日間、集中して企画書を仕上げ、田村に提出した。得意とする女の友情ストーリーにサスペンスと謎解きを融合させ、流行の要素もふんだんにちりばめた自信作である。面白い、面白くないは別にして「通りやすい」手堅い企画であることは間違いない。少なくとも、アマチュアの伊藤に負けるはずなどない。冬のドラマ会議には現在、莉桜と伊藤の二作が提出され、どちらにするか話し合いが行われているらしい。もちろん、田村によれば莉桜の企画が優勢だ。心に余裕があるので、のんびりした顔つきで白を切ることに決めた。

「何？　やけにつっかかるじゃん。何か嫌なことでもあった？」

クズケンのドラマの視聴率が落ちていると聞いている。ギャグ路線から純愛ストーリーへの転換に失敗したらしい。こうして苛々をぶつけてくるのはそのためだろう。

「勉強会のメンバーで、局にバイトしに行ってるやつがいるんですけど、田村さんがディレクターに話しているの聞いたらしいですよ。伊藤先輩にきた企画を莉桜さんが横取りしようとしたって。今、噂で広まってますよ」

「え、横取り？　そんなつもりはないわ。伊藤の企画が通るなら、それはそれで応援するわよ。でも、あいつにまっとうな仕事できると思う？　田村さんのメンツをつぶさないように、私が保険用に企画を出したんだよ。わからないかなあ。この先輩の配慮がさあ」

伊藤の真似をして大げさに肩をすくめてみせたが、クズケンはとうとう、顔を赤くして叫んだ。

「つまんねえことに、貴重なエネルギーやプライドを使ってんじゃねえよ！　あんたもっと他にやることあるだろ」

ガン、と音がした。クズケンが思い切り壁を蹴ったのだ。思ったより冷静な自分に莉桜は驚く。心臓が鳴っているが、もう後には退けない。七年におよぶ付き合いの中で、二人は初めて正面から睨み合った。怖い、とは思わなかった。離婚してくれと涙を流して懇願する母を前にしても、頑なに無表情と無言を通した父。あの静かな恐怖に比べれば、怒鳴って暴れる男などなんでもない。

「莉桜さんは伊藤先輩を、いや、あの勉強会のメンバーをスポイルすることで、自分を保ってるんじゃないですか」

「私があの子たちをダメにしてるって？　ちょ、ちょっと待ってよ」

動揺を悟られないように、間抜けな表情を必死で作る。これ以上、この男と話をしない方がいいというアラームが鳴っている。

「見てればわかりますよ。莉桜さん、本当はあいつらのこと嫌いで仕方がないんでしょ。自分からは絶対動きたくないくせに、やたらと望みが高いっていうね。莉桜さんが感じてきた屈託を経験しようとしないくせに、物欲しげなあいつらが許せないんですよ」

クズケンの言葉はそぎ落とされていて、よく光っている。彼のドラマみたいだと思った。これらはすべて、作り物の世界なのではないか。莉桜は目の前で起きていることを努めて他人事として考えようとしていることに気付く。

「俺もそうですよ。あいつら……、伊藤先輩みたいな連中が世界で一番嫌いです。覚えてるでしょ、昔の俺。居心地悪そうで、いつも退屈してたでしょ。のんびりした学生時代が実は一番キツかったのは、莉桜さんも同じはずです」

　そうだった。学生時代のクズケンはいつも誰かに囲まれ、よく笑い、忙しそうだったけれど、その目はいつもどこか遠くに向いていた。目の前で起きていることに失望しきっていた。莉桜にだけは見て取れた。

「だから早く、一日も早く世に出たかった。結果を出して認めてもらいたかった。あなたのドラマを見て感動したのは……、きっと莉桜さんと俺は根っこが一緒だからですよ。莉桜さんと俺は似てる」

「私とあんたが？」

「そうですよ。莉桜さんも俺も差し出すことを恐れない。だから、自分から何も生み出さない連中を腹の底から憎んでいる。あなたの明るいドラマの裏に潜んだ、憎しみや憤りに共感したんです。負の感情を明るいものに昇華するパワーに共感したんです。でも、今の莉桜さんは全然違う。負の感情の重みに敗けて、毎日少しずつ沈んでいる。それだけじゃなく、周囲も巻き添えにしてね。最悪ですよ」

　莉桜は鼻を鳴らした。半分は正解だが、クズケンはもっと深い本当のところを何もわかっていない。莉桜が彼らを正しい方向に押し出したからといって彼らはモノになるのか。この十年、業界の一線で働いてきた莉桜の才能は育ったか。結局、感性なんて形のないもの、大切に守り抜こうが、世間の荒波で鍛え抜こうが、ひと握りの特別な人種を除き、知らず知らずのうちに腐っていくものなのかもしれない。

一つだけ確かなのは、自分には何か教えたり、導いたりする力がまったくないということだけだ。自分を無にして誰かをサポートするには嫉妬心が強過ぎる。クズケンは勝手に学び、勝手に育っていっただけだ。二人の間にあったかもしれない師弟関係はやはり幻だったのだ。

「あいつらは、何も決められないまま、周囲にどんどん置いていかれているだけなんだ。莉桜さんのそばにいればなんとかなるって思ってる。莉桜さんがそう仕向けているんですよ。だいたい、あいつらや伊藤先輩をつぶすより先にやることあるだろ」

「はあ?」

「俺だよ。あんた、俺を倒そうとは思わないのかよ。俺があんたの仕事を奪ってるのは明白だろ」

険しい形相でつめよるクズケンはおそらく真剣だ。ぎらぎらと光るクズケンの目を見て、莉桜は思わず鼻を鳴らす。

「なんなのよ。その自惚れ。あんたいつからそんなに偉くなったの? ろくに数字も取れない今だけの人気のくせに」

とうとう、本性を現したな、という気分だ。嘘くさい先輩後輩ごっこはもう終わりだ。莉桜は可能な限り低く笑う。そっちがその気なら、こちらとしても取り繕う必要はない。部屋を漂ううっすらした悪臭がいっそう強くなる。

「伊藤に女とられたからって、私に八つ当たりするのやめてよ。知らないとでも思ってた？」

泰然自若としたスターの面影はどこにもない。クズケンの顔色がはっきりと変わった。

「知ってるよ。ここに来る学生って、噂にしか興味ないんだから。あんたが今でも好きな同級生の女の子って、伊藤のお古なんだっけ？　一度、ここに来たことあるよね。あの綺麗な子。実希ちゃんていうんだよね？」

その女の子のことは今でも覚えている。潔癖な印象の美人で、眼鏡と仕立てのいいブラウスが教師のようだった。しっかりしているのに、どこか幼く所在なげな印象を受けた。クズケンが急に口調を速めた。

「もうやめましょう。莫迦莫迦しくないですか。伊藤先輩のことで、俺たちが仲間割れするのって。時間を無駄遣いしてますよ。人生なんてあっという間なのに、くだらないことにかまけ過ぎてますよ。こんな動画なんかに夢中になって」

耳掃除動画に、クズケンの視線が吸い寄せられている。ぽかりと開いた黒人の耳穴は深くどこまでも続いている洞窟のように見えた。ふと、六本木トンネルで寝ているホームレスのことを思い出した。今日、彼はあそこで何を考えているのだろう。

「……あんたのそういう自信満々で合理的で前しか見ないところが、実希ちゃんは嫌だったのかもね。あれくらいの年齢の子って、将来への不安でいっぱいで、リミットや現実を突きつけられると萎縮するじゃん。だから、伊藤みたいに自分に甘くてふわふわ夢みたいに暮らしている男のそばにいるとほっとするんじゃない」

「やめろ」

クズケンの目が血走っている。自分がこの上なく残酷なことを口にしているのはわかる。しかし、加虐心が噴き上げ、目から耳からだらだらと流れるのを止められない。

「あんた、好きな女を伊藤なんかにとられたのが、未だに認められないんでしょ。ひょうひょうとしているように見えて、プライド高いもんね。あんたって、持ってるものを一つずつ数えて、安心してから眠りにつくタイプだもんね」

熱いものがどくどくと下半身目がけて走っていく。彼が痛がるポイントはよくわかる。早くにデビューした人間の焦りと不安。悩みを打ち明ける同世代がまったくいない孤独。クズケンの喉仏が大きく動いた。白目がすっと澄んでいくのを見て、彼が徹底的に傷ついたのがわかった。とうとう、クズケンはかすれた声で吐き捨てた。

「あんただってみっともないだろ。田村さんには未練たらたら。事務所だって言い張ってるけど、今はここに住んでるんだろ。仕事ないもんな」

ああ、もう全部お見通しか。もう恥を恥とも感じなくなっている。莉桜は彼からパソコンへと素早く視線を移動し、耳掃除の動画をまた再生した。

クズケンが乱暴にドアを閉めて帰った数十分後、ポンと高い音がして田村からメールが届いた。会議の結果、莉桜の企画も伊藤の企画もボツになったという。ドラマ枠自体なくそうという話も出ているらしい。まったく残念には思わなかった。自分のアイデアが受け入れられない悔しさなどなく、伊藤のトンネルの出口が塞がったことへの晴れがましさが勝っていた。

コンビニに行くのもおっくうで、何か口に入れられるものはないかと冷蔵庫を開けたら、あの蟹が腐っていた。

5

黄砂の吹き荒れる土曜の夕方、伊藤は突然、やってきた。莉桜がソファに寝そべって窓ガラスにぶつかる砂粒の音に耳を澄ましていたら、インターホンが鳴った。砂嵐のせいか彼は珍しく髪を乱し、シャツは埃っぽく皺が寄っていた。

　部屋に入るなり、伊藤は断りもなくソファにどさりと腰かけ、何もない表情を浮かべてずっと黙り続けていた。こちらから話しかけ、機嫌を取ることはもうしたくない。勝手にしろよ、という心境で、莉桜は無視を決め込み、パソコンを立ち上げＹｏｕＴｕｂｅを再生する。耳掃除に飽きた最近では、鼻の角栓を取る動画にも夢中になっている。年老いた黒人の男の鼻からにゅるにゅると白い脂が出てくる様を見ているだけで、時間は過ぎていく。例の企画会議が終わってからというもの、莉桜はもうテレビを見ることさえなくなった。ネットを見ていれば日が暮れる。この部屋を訪れる人間はもういない。家賃も早晩、払えなくなるだろう。突然、伊藤がはっきりした声で言った。

「僕は長編なんて完成させてませんよ。ほんの二ページ書いただけ。そこだけ田村さんに見せたんです」

　莉桜は咄嗟に動画を停止した。呆気にとられて、ソファに背筋を伸ばして座っている伊藤を見る。部屋には静寂が流れ、ごうごうという外の嵐だけが響いていた。

「なんでそんな無意味な嘘ついたの」

「特に理由はないです。田村さんは僕のことをずっと忘れていたみたいだから、思い出して欲しかった。あと、みんなが動揺するところが見たかった。勉強会の皆が必死に平気なふりしながら内心ハラハラしている様子を見ていられれば十分だったんです。いざとなれば、気に入らないんで長編のデータを捨てたとでも言えばいいし。でも、一番慌てたのは矢崎女史だったみたいですね」

くすり、と伊藤は小さく笑った。口に手をあてる仕草が女のようだ。

「莫っ迦じゃねえの」

もううんざりして、莉桜は吐き捨てた。

「そんなんだから、友達もいないし、アルバイトだし、童貞なんじゃないの。つまんないことにこだわって、あんたって何もできない人間だよね。勝った気になっているのかもしれないけど、あんた嫌われ者だよ。みんな、あんたをウザいと思ってるし、あんたを笑っているんだからね」

しばらくの間、伊藤は硬い表情でこちらを見据えていた。瞼がほんのりと赤い。泣くかな、と思ったその瞬間、彼はおもむろに口を開いた。

「僕だってあなたたちを笑ってますよ」

一瞬、耳を疑った。

「僕は、矢崎女史や久住君のようにコンプレックスとか、あんまりないんです。闘争心とかハングリー精神とか。大変そうですよね。いつも、勝とう、勝とうとしていて。一体誰に対して勝とうとしてるんですか。僕から見ると、本当につまらないことにこだわっているな、って思いますよ。人からどう思われるかとか、一番になりたいとか、評価されたいとか、居場所が欲しいとか。残念ながら、僕はあのシナリオを完成させるつもりなんてはなっからないんですよ。あなたたちのしんどいレースに参加するつもりなんてないんです」

なんだか、血がぐんぐん下がっていく気がする。頭には綿が詰まっているようで、腰が重い。莉桜は批判する気も起きず、ただ伊藤の言葉に耳を傾けている。今度こそ、本当に終わりが来た気がするが、逃げたいとは思わなかった。この数年、ずっと落下を続けていたが、伊藤と正面から向かい合った今、底に足がついた気がした。味わったことのない諦念と安堵の波が莉桜の判断を鈍らせている。

「莉桜さん、どうしたんですか。え？　おかしいですよ。なんて顔しているんですか」

伊藤は甲高い声で笑い、赤くなった目をきょろきょろさせている。

「勝つよりも、世の中にはずっと大事なことがあります。なんだと思います。誰もが見落としています。きっと、あなたには、わからないだろうな」

息が苦しい。この部屋には酸素がまったくない。新鮮な空気が吸いたい、と初めて思った。しかし、窓を開けても砂嵐が吹き込んでくるだけだ。

「誰からも傷つけられないということなんですよ」

ゆっくりと、一語一語区切るように彼は言った。自分が言っていることにかつてないほど確信を持っているらしく、瞳孔が開き切っている。

「テレビも映画も小説も『傷つくことを恐れるな』と言い続けているけど、それは強者主導のルールですよ。傷ついても平気な顔で生きていけるのは、恥をかいても起き上がれるのは、ごく限られた特殊な人種だけなんですよ。そのことに誰も気付かないから、不幸が起きるんです。大抵の人間が夢を叶えないまま死ぬのは、夢と引き換えにしてでも、自分を守りたいからですよ。楽しいより、充実感を得るより、金を稼ぐより、傷つけられない方が本当は重要なんですよ。僕もそうです。でも、他の人と違って、ちゃんとそれを認めているし、隠すつもりももうないんです。自分から誰かを好きになったりしません。自分から誰かを好きになったら、どんな人間でも恥をかくようにできている。あの久住君だって無様そのものじゃないですか。誰からも下に見られたり、莫迦にされたり、笑われたりしたくないんです。傷つける側に立つことがあっても、その逆は絶対に嫌なんです。そのことを認めるのに、かなりの勇気が必要でした。我ながらみっともないとも思いました。周囲と比べて落ち込んだし、実際、色々なことをあきらめました。

でも、この数年で、そう決めたんですよ」

莉桜はぼんやりと伊藤を見つめる。暗く冷たい色を浮かべて、ただただ一方的にまくしたてている伊藤は、自分しか見えていないし自分しか愛していない。でも、でも――。

莉桜は声が震えそうになるのを、必死でこらえた。

「そんな生き方、楽しいの？　なんか死んでるのと同じ感じがするよ……」

「楽しさを追求した結果、今、あなたはどこに立っているんですか？」

それは、もっともだった。かつて見たこともないほど、伊藤の目は静かだった。ガラス窓にぱちぱちと砂粒があたる。もう無理だ。このままうずくまりたいような、だるさと眩暈が襲ってきた。目の前に立つ男は人間なんだろうか。幾重にも鎧《よろい》を纏った、声を発し、手足のついた、生きる要塞ではないか。いや、深海に生息する、誰も見たことのない甲殻動物かもしれない。最初は生存するための防御だったはずなのに。いつしか、敵から自分を守ることだけが、生存する目的になっている、硬く分厚い甲羅をつけた一生誰とも触れ合わない小さな生き物。こちらの無言を敗北宣言ととったのか、伊藤の頬に赤みが増し、ますます饒舌になっていく。

「だから、決して、作品を完成させるつもりはないんです。作品ができたら、必ず批判されます。かといって、創作活動をあきらめて会社員になるつもりもありません。社会の歯車になったら、競争が待っているでしょう。大勢の中に埋没して自分の価値を見失うに違いないですから。一生、僕はこの助走を続けます。アクションなんて起こすものか。誰かが僕にふさわしい環境を与え、両親が僕にそうしてくれたように大切にしてくれるのをひたすら辛抱強く待ち続けます。誰かが僕を見つけてくれるのをただじっと待ちます。そんな日は来るわけないって、今思いましたよね？　そうですね。そんな保証はない、僕だってとても不安です。でも、そんなことわからない。誰にもわからないんですよ、莉桜さん。人生は何が起きるかなんてわからない。あなたが書くみたいな、ご都合主義のハッピーなドラマみたいなことが完全にないって言いきれますか？　僕はこのまま生きていきます。あなたたちみたいなみっともない人間にはなりたくない。みじめな思いはしたくないから。あなたたちに僕のような覚悟はないでしょう？」

伊藤はどうやら感極まっているのか、涙まで滲ませている。

ぐるぐると渦を巻く熱いみじめさが押し寄せてきて、莉桜もまた、涙が溢れそうになった。彼と自分と何が違うのだろう。作品を書き上げない伊藤と、どうしてもバスタブの蓋を開けられない自分。双方がそうやって必死で守っているものは、あまりにもあまりにもちっぽけだった。傷つくことをこんなにも恐れているのは、二人ともドラマや映画や本の中でしか、絶望や挫折を知らないからだった。誰かの前で血を流したことがただの一度もないからだ。安全な高みで見物している伊藤や後輩を莫迦にしてきたけれど、それならば、自分の痛みはどれほどのものだったのだろう。田村とだって正面からのぶつかり合いは避けていた。仕事が低迷してからも、藻掻《もが》くこともせず、ただ流れに任せてこうしてくすぶってきた。伊藤はこちらの心情を敏感に察知したようだった。

「そんな目はやめてください。まだわかんないのかなあ。これは僕のやり方なんですよ。あなたたちが僕に利用されてるんですよ。僕のスタイルに付き合わされただけ！」

「伊藤、わかったよ。もう、よくわかったから。あなたは傷ついていないし、一度も恥をかいていないよ……。あなたをみんなで笑ったり意地悪したりして、本当に悪かったよ。私が全部いけなかった。この通り」

頭を下げると同時に、生温かいものが頰につたうのがわかった。まったく自分は今、どんな表情をしているんだろうか。まともな食事もしていないし、風呂にも入っていない。眼球がごろごろしている。今日が何曜日で何月の何日なのかも、咄嗟には口にできない。

何も生まないのにここに出入りする伊藤は、それだけで莉桜にもクズケンにも勝利しているのだ。そのことに、莉桜はやっと気付いた。伊藤は勝ち続ける。周囲の人間を傷つけ続ける。たぶん、一生。勝てるわけがない。だって、伊藤は永久に土俵に立たないから。愛してもらえるのを、認めてもらえるのを、ただ石のように強情に待っているだけ。自分を受け入れない人間は静かに呪う。結局、自分から何も発さない人間がこの世界で一番強いのだ。常により多くしゃべる莉桜の負け。彼の前では、どんな人間でも散っていく。伊藤は最強だ。伊藤の前では誰もが敗者だ。窓から見える高速道路を絶え間なく車が走り去る。あの中のどれか一つでいいから、どこか遠くにこの感情ごと連れ去ってもらいたい。このやりとりを誰の目にもつかない地の果てに運んで欲しい。

「いつか誰かが僕を見つけてくれるその日まで、僕は絶対にここから動きません。そうしたら、何か始めてみてもいい。そんな日が来るわけないって思うかもしれないけど、わずかな可能性があるなら、僕はそこに賭けてみようと思います。自分を守ります。ちょっと、なんですか。その目はっ。この期におよんで、僕を莫迦にして！」

いきなり伊藤が金切り声をあげ、こちらに突進してきた。莉桜はたじろぎ、そのまま椅子から転がり落ち、デスクの角に頭をぶつけた。伊藤の顔がすぐ近くにあった。白い手がこちらの腕に伸びてくる。このままでは殺されてしまう。人生が終わってしまう。しかし、莉桜は両手をだらんとさせた。もう、いい。この先、そういいことが待っていないのは自分がよくわかっている。ここで死んで部屋と一体化するのは、そう悪くない終わりに思えたのだ。

「私を殺し……」

我ながら状況に酔っているかなあ、とこんな時なのに照れて、少し笑いそうになった。殺したら、あのバスタブの中に入れてください、と言いかけて莉桜は激しくむせた。殺し、という言葉に伊藤の手は止まった。顔は緑色に近く、形の良い唇が不様な格好に歪んでいる。今だ。莉桜は起き上がると、全身の気力をかき集めて彼を突き飛ばし、手足をめちゃくちゃに振って一心不乱に走り出した。裸足のまま玄関を飛び出す。これ以上、この事務所で彼と向き合うのは無理だ。ドアが閉まる直前、獣のような伊藤の叫び声と、何かがどさりと倒れる音がした。エレベーターに飛び乗っても、まだ伊藤の声が聞こえてくる。震える指でボタンを押した。

マンションの外に出ると、もう黄砂は収まっていた。あたりは薄暗く、思いの外空気が澄んで感じられ、気持ちが良いといってもいいほどだった。寝間着のような服装で裸足で走る莉桜を通行人はさも不審そうに振り返る。すれ違った白人が口笛を吹いたが、もうなんとも思わなかった。その時、真後ろで大きな音がした。振り向くと、アスファルトの上に愛用しているノートパソコンがうち捨てられていた。見上げると、二階の窓からこちらを見下ろしている伊藤と目が合った。泣いているのか、顔がくしゃくしゃだった。埃のついたパソコンを拾い上げ小脇に抱えると、莉桜はその場をそそくさと立ち去った。壊れているかもしれないけど、五年以上使い続けた商売道具だ。道に捨てるわけにはいかない。

どうせ殺されるところだったのだ。もうタブーはなかった。アスファルトの歩道のざらつきと冷たさが裸の足の裏にじんと滲《し》みた。

伊藤にあの事務所をくれてやろう、と莉桜は思った。まったく機能していない、脚本家のふりをするだけの舞台のような空間。伊藤にこれ以上ふさわしい住まいがあるだろうか。莉桜はそのまま六本木トンネルを目指して走った。

あのホームレスだって伊藤と根っこは同じかもしれない。本人は誰にも迷惑をかけず、孤独を満喫しているつもりなのだろうが、通行人にあらぬ恐怖を与えたり、悪臭を放っていることに無頓着だ。ただそこに座ってさえいれば、なんとかなるという傲慢さは伊藤や父にも、そしてさっきまでの自分にも共通する。

でも、何故か、彼だけは今の自分の気持ちをわかってくれる気がした。人生の敗北者として、静かに話を聞き、受け入れてくれる気がした。父がしてくれなかったことをしてくれる気がした。だって、想像の中で何度も体を重ねたのだ。だから、自然と気持ちも理解できる気がする。キャリーやミランダ、シャーロットにサマンサ。架空の人物だとわかっていても、傷ついた夜、彼女たちはＤＶＤ画面からいつも莉桜に語りかけてくれた。その経験は実際に起きたこと以上の重みを持っていた。莉桜は友情をあきらめることができそうにない。架空の世界だからこそ得た手応えを今も信じている。

トンネルに足を踏み入れる。人通りは今日もなく、ひたすら出口までオレンジ色がかった闇が続き、ほのかな悪臭が漂っている。ホームレス小屋の前まで来ると毛布をかぶった男を見下ろす。パソコンを挟んだ脇を引き締めると、息を整え毛布に手をかけた。ほんの一瞬躊躇したが、勢いよくはがした。何度も夢でそうしたように。暗闇の中で大量の埃が舞い、毛羽立った毛布が翻る。莉桜は息を呑む。そこには男などいなかった。丸めた衣服と新聞がいくつか置いてあるのみだった。

「何やってるんですか?」

顔を上げると、クズケンがいた。髪が濡れている。そういえば、彼もあの乃木坂のジムを風呂代わりにしていることを思い出した。テレビ局でおそらく徹夜をした後なのだろうか。

「まさかホームレス狩りじゃないでしょうね。売れない腹いせですか?」

ぶっきらぼうに言い、じろじろと上から下まで莉桜を見た。あの口論の後、彼とは一切連絡をとっていない。いつもと変わらないクズケンの目つきに懐かしさがこみ上げてきた。彼の胸にしがみついて、非礼を詫び、泣き出したかった。

「いや、そんなことしないよ……」

「信じませんよ。泥棒をやりかねない人ですからね」

ズケズケした口調が今はありがたかった。思っていたことがするりと口を出た。

「ええとね、彼なら、友達になれるかなって。なんならセックスしてもらえるか、交渉しようと思って。この毛布の中にずっと人が居ると思ってたんだ――」

一体いつからここはもぬけの殻だったのだろう。莉桜は初めておかしくなる。ずっとずっとトンネルを通るたびに、興奮しておびえて妄想して。またしても独り相撲だった――。

「莉桜さん、大丈夫ですか？　靴脱げてるし……。完全に頭おかしい人に見えますよ」

クズケンはもはや怒りを忘れたらしい。つぶらな目は完全におびえている。もう気取っている場合じゃない。莉桜はまっすぐに彼を見据えた。

「こんなこと、あんたに頼むのは気が引けるんだけど、一緒に事務所に帰ってもらえないかな。一人じゃ怖いんだ。その、伊藤が暴れてて……。この通り、靴も履いてないし。財布も携帯も持たないで飛び出したから、どうするにせよ、一度は帰りたいの」

クズケンは呑み込みが早い。即座に無言でうなずくと、早足で歩き出した。彼を追いかけるようにして、二人でトンネルを抜け、マンションへと帰る。エレベーターに乗り、事務所の前に立った時はなんだか長いことここを留守にしていた気になった。一瞬息が詰まったが、クズケンはこちらにお構いなく力強くドアを開けた。室内に上がり、二人は息を呑んで立ちつくす。もともと混迷を極めていた部屋が、これ以上ないほど悲惨なことになっている。

「なんですか、これ……。空き巣？」

部屋中に企画書と本が放たれて、床が見えない。空中にはふわふわと細かい羽が舞っていた。クッションが裂かれているらしい。ソファから黄色い綿が覗き、窓ガラスは割れている。キッチンのゴミ袋がぶちまけられ、羽虫が舞っていた。

「いや、伊藤の仕業。その辺に隠れていないよね。ちょっとクズケン、念のために捜してみて」

伊藤に会うことはもうないだろう。それだけは、はっきりしていた。最後に見た彼の泣き顔を思い浮かべながら、莉桜はソファにどさりと腰を下ろす。ただいま、と声に出しそうになって動揺する。初めてといっていいほど、この空間に安らいでいる。隣の部屋、バスルームと丹念に見て回ったクズケンが戻ってきて、首を振りながら隣に腰を下ろした。二人ともしばらく、ぼんやりと前を見ていた。

「結局……、伊藤先輩から目を逸らせない時点で、俺たちの負けなんですよね」

ぽつりと言われ、何も打ち返すことができなかった。

「あの……。ホームレスに頼むくらいなら、俺がいただきましょうか？」

横を向くと、クズケンの顔があった。せっけんのにおいがする。はい？　と笑って聞き返すが、彼はやけにくたびれた笑顔を見せた。

「……打ち切りが決まったんです。今やってるドラマ」

「そうか……」

「ほんと、何も上手くいってないっす。こう見えて、努力してるつもりなんですけど。報われることがあんまないです。好きな女にも相手にされないし」

こちらが何も言わないのをいいことに、クズケンが図々しく胸をつかんできた。思いがけず、ふわふわした触り方だった。脚の間が熱くなりそうになって、慌てて押しのける。

「いや、脱ぐのとか無理。セルライトがやばい。後輩に無理させられない。これ以上、あんたと気まずくなりたくないし」

「大丈夫です。俺、もっと太った人とも、もっと上の人ともしたことあるんで。恥ずかしがられるの、結構ツボなんです。それに、顔見知りとやるのって興奮しません？」

「それって人間関係破綻しない？」

子供のような顔をして、クズケンはこくりとうなずく。

「うん。だから、俺、意外と人と長く付き合えないんです」

最低、と言おうとしたら、唇を塞がれた。歯も磨いていないのに、クズケンはちゃんと舌を入れてきた。どれだけ激しいことが始まるのだろう、と身構えたら、あまり舌を動かさない、思いやりとはにかみに満ちたやり方が続いた。唾液がさらさらしてお湯のようだった。この男は優しいんだな、と思った瞬間、脚の間をどろりと熱いものが流れ出した。莉桜はクズケンから顔を離し、唾液を手の甲でぬぐいながら、とほほ、と笑ってみせた。どうしてこう、間が悪いのだろう。

「あの、申し上げにくいんですけど。生理来ちゃったみたい」

そういえば、先月もその前も、生理が来ていなかった。予定日ももはやおぼろげにしか覚えていない。ずっとだるかったのはこのためか。

「まじすか。あちゃー。ま、これぱっかは予測できないしね」

彼は体を離すと、わざとのように目を丸くし、少しだけ笑った。煮詰まった空気がふと緩み、かなり気が楽になった。こんな経験、クズケンは数え切れないくらいしているのだろう。経験豊富な人間はそれだけでこちらの負担を軽くしてくれる。生臭いにおいが辺り一面に広がっていった。恥ずかしいのはもちろんだが、なんだかほっとしている。

クズケンも同じだろう。

「二十代の頃だったら、これでもゴーだったけど、無理かな。腰がだるいし、なにしろ粘膜も弱くなったし。こんな汚い部屋で……。体悪くしちゃいそう」

ショーツとナプキンを着けなければ。そんなものこの部屋にあったろうか。恐る恐る腰をずらすと、ソファに血のしみが広がっている。おお、とクズケンが大げさに恐ろしそうな声をあげてくれたおかげで、他人事のような気になってきた。

「ナプキンの買い置きあったかな」

「買ってきましょうか」

クズケンは別に自分のことが好きなわけではないし、自分だってそうだ。そのことを常に言い聞かせていないと、すぐに彼にもたれてしまいそうで怖かった。

「いいですよね、女って。毎月一回こういうのがあって。古い服を脱ぎ捨てるみたいに、やり直すチャンスが絶対に男より多いと思いますよ。血ってこういうにおいだったなあ。すごい強いなあ。動物っぽいにおい。俺の脚本ってよく血が通ってないって言われるんだけど……。生臭くてダサくてイタくて不衛生。それが血なんですよね」

クズケンは血から目を逸らしてくれない。なんだか新手の羞恥プレイのようだ。仕返しなのかもしれない。確かにこの間の自分は言い過ぎたのだ。莉桜は素直にすまないと感じた。

「あんたの書くものはさ、そりゃ、まだまだだし、媚びてるところがあるよ。けど血が通ってないとは思わない。ちょっと見ただけで、あんたのものだって、わかるもん。それが才能ってことなんじゃないの」

クズケンはちらっと莉桜を見ると、軽く息をついた。

「俺、莉桜さんに本当に憧れてたんだよ、これでも。でも、いつからか憧れてるのか憎いのかよくわからなくなってた」

そう、と莉桜はつぶやいた。田村とはかつていい仲間だった。しかし、寝たばかりに、今では疎遠だ。生理が来て良かった。セックスをしなかったおかげで、クズケンとはもしかして、この先ずっと付き合っていけるのかもしれない。女友達は手にすることができなかったけれど、莉桜は今、それなりに心の通い合う人間と向き合っていた。

このまま辞めてしまっても、いいのだと思う。湧き上がるものがない以上、しがみついていていい職業ではない。事務所を手放し、実家に帰る方法もある。父と暮らすことを考えただけで気持ちは沈むけれど、路上で暮らすよりはましだろう。アルバイトをして、細々と暮らしていけばいい。それの何がいけないというのか。莉桜は立ち上がる。リビングに血のにおいが充満している。今はそこから逃れたかった。

「お風呂の中がどうなっているか、見てみたい」

「それ、今やるんすか？　それなら、少しでも片付けた方がよくないすか」

「今じゃないとだめな気がする」

「そっか。じゃ、俺、コンビニで掃除セットとえーと、ナプキンを買ってきますね。莉桜さんが掃除やる気になったのは、大きな進歩っすよ」

返事を待たずにクズケンはさっさと行ってしまう。玄関のドアが閉まる音がして、莉桜は一人になった。

莉桜はすぐさまバスタブにかがみ、ガムテープをはがそうと試みた。八年間、密着していたそれはねっとりと張り付き、なかなかはがれる気配がない。しかし、莉桜は懸命に爪を立てた。無数の糸がつうっと伸びた。ガムテープをつかみ、目いっぱい振り上げる。べりべりと肉が裂けるような大きな音を立てて、ようやく蓋の一部が離れた。そのまま、四辺ともテープをはがしていった。密着していた場所とその他の部分では、はっきりと色が違っている。よし、心は決まった。莉桜はシャッタータイプの蓋に手をやると、端から巻いていった。体が震える。蓋が開いたら、ここはもう事務所ではなくなる。自分はもう脚本家ではなくなる。何にもなれなかった、ただの若くない女だ。一瞬目をつぶり大きく開いて、バスタブを見下ろした。

──こんなことなら。

バスタブを覗き込むなり、ひゅうっと気管が鳴るのがわかった。胸を押さえ、肩で息をしながら、莉桜はシミ一つない陶器のようにすべすべとしたバスタブを見下ろす。言葉がどうしても出てこなかった。こんなことなら──。もっと早く、蓋を外してみればよかった？　違う。伊藤に心を乱して自分の名前に傷をつける必要はなかった？　それも違う。莉桜は冷たい床にしゃがみ込み、バスタブに寄りかかった。

もしかして、こうしている今も、莉桜の中で眠る大切な部分は腐っていないのかもしれない。あの頃と変わらず、ただ、深い場所で静かに眠っているのかもしれない。掘り起こして手を伸ばし、そっと土を払い、中身を確かめたい。無事かどうか。傷はついていないかどうか。それには、遅いとか早いとかなんてことあるのだろうか。冷蔵庫の中身、実家の父、疎遠になった仕事仲間。そして書きかけのシナリオ。見るのも考えるのも嫌で放置していたものたちを思い浮かべる。それらは莉桜に、己の至らなさと凡庸さを突きつけた。でも、全部ただのもので、ただの人間なのだ。実物をろくに見もしないのに、まだ何も起きていないのに、最悪の想像を巡らせ、みずから望みを絶ち、いつの間にか、自分を狭く暗い場所に押し込めていた。

シャワーヘッドを手にすると、つまみをつかんで温度を調節する。お湯が勢いよく噴き出した。ほかほかと甘い湯気が立ち込める。バスタブにくまなくお湯をかける。自分から鉄のにおいが立ち上っていることにやっと気付く。

生臭い血を垂れ流し続けても、のたうちまわるほど恥をかいても、それでも、まだこの場所から去りたくない、と莉桜は思った。恐ろしい目にあってもいいから、この身を世界に投げ出したいと思った。また、失敗するに決まっている。前のように、注目を浴びることはまずない。無様に藻掻く自分を伊藤はきっと笑うだろう。間違いなく一生、彼は安全な場所から、自分を指差して、苛立ちながら笑い続けるだろう。同時に、莉桜やクズケンから決して目を離さないだろう。そう考えたら、かつて味わったことのない温かな安堵がこみ上げてきた。彼がずっと見ていてくれる。伊藤がずっと見ていてくれる。未来永劫、莉桜は誰かの視線に包まれて生きる。少なくとも、莉桜のドラマには必ずたった一人の視聴者はいる。その一人が居る限り、自分はドラマを生み出せる。彼が眉をひそめ罵《ば》詈《り》雑言を吐かずにはいられないような、女同士の友情ときらめきに満ちたドラマ。手にすることができなかったからこそ、その輝きは莉桜を魅了する。原稿用紙設定にしたワードを嘘と夢で埋め尽くせる。こわごわとした欲求が静かに莉桜の体を満たす。

バスタブはぴんとお湯をはじき、無数のしぶきを輝かせた。ひんやりとしていたバスルームが温かく柔らかい空気に満ちていく。湿度のおかげで咳がぴたりと止まった。喉のざらつきがすっと消えていく。シャワーを止め、バスタブに栓をすると、勢いよく蛇口をひねる。どどど、とお湯の激しい音がした。空っぽのバスタブに、お湯が打ち付けられ、容赦なくくだかれていく。熱いしぶきを上げる。お湯の流れだけ見ていると、ジャングルの奥で誰の目にも触れずに猛る滝みたいだ。表面がうるうると揺れながら上昇し、湯気で頬が熱く潤い始める。甘いお湯のにおい。子供時代、一人でお風呂に入るたび、ふいに胸が締め付けられ、泣きたくなったあのにおいと同じだった。

莉桜はしばらく無言で、それを見つめていた。

解　説

吉田大助

単行本の文庫化は、「初めて読む」人のためだけに開かれているわけではない。単行本を既に読んでいる人が、少なくない時間経過を挟んで改めて「もう一度読む」ためのきっかけにもなる。僕自身も今回、文庫化を機に約三年ぶりに読み返すこととなったのだが、あまりの凄味に驚いて、前よりもずっと的確に、自分の弱い部分、醜い部分をグッサグサに言葉で刺された感覚があった。自分が少し大人になったということなのか、それとも、時代精神の先を行く作家にようやく少し追いついたということなのか。本書、『伊藤くん A to E』の話だ。

著者の柚木麻子は、一九八一年東京都生まれ。オール讀物新人賞を受賞したデビュー短編を含む連作青春小説『終点のあの子』から、セックスレスを題材にした艶笑劇『奥様はクレイジーフルーツ』まで、二〇一六年一一月現在一六作の小説を発表している。『伊藤くん A to E』は、ハピネスを満載したブレイク作『ランチのアッコちゃん』の単行本から約半年後に刊行された、九作目に当たる。著者にとって初めての直木賞ノミネート作でもある。次の一行を、自信を持って書くために全作読み返したのですが――『伊藤くん A to E』は、柚木作品の中でもっとも特殊（スペシャル）である。

構造上の特殊性は、はっきりしている。柚木は常に女性を中心に据えた物語を書いてきたが、この物語の中心にはひとりの男性がいる。三十歳手前のイケメンでおしゃれ、千葉で実家暮らしをする大金持ちの一人息子。都内で塾講師のバイトをしつつシナリオライターの夢を追う、その男の名は伊藤誠二郎。この物語は、「伊藤くん」に翻弄される五人の女性、それぞれの視点から語る連作形式が採用されている。だから、「A to E」。

全五編の章タイトルは「伊藤くんA」「伊藤くんB」……となっており、同じ人物でも見る人によって存在感ががらっと変わる。いわば「バージョン違い」の伊藤くんを、読者は次々と目にしていくことになる。

AとB、CとDは、表裏一体の関係にある。

「伊藤くんA」では、デパート勤務の二十七歳・島原智美の視点で、伊藤くんへの五年に及ぶ片想いが描かれていく。伊藤君は用がある時だけ連絡してきて、智美を上から目線で、粗雑に扱う。平気な顔して、自分の片想いの相談を持ちかける。こんな恋、やめたほうがいい。分かっているのに、やめられない。

「伊藤くんB」では、伊藤君から片想いされる、学習塾の新米事務バイト・野瀬修子の視点が採用されている。視点が変わり立場が変われば、同じ人物でもこんなに違って見えるのか。伊藤君の超絶恋愛ベタなストーカーっぷりが披露され、前話とはまた違った嫌悪感を抱かされることになる。

「伊藤くんC」の視点人物は、男を本気で好きになることはないのに、男を切らしたことがないデパ地下ケーキ店の副店長の相田聡子。親友である有名私大生・神保実希の、伊藤君への片想いが実りそうだと知って、寝取る。

「伊藤くんD」では、寝取られた……とは知らない実希の視点から、伊藤君に投げつけられた「重い」という一言の呪縛が描かれる。自暴自棄になって処女を捨てようとしたところで、親友である聡子の思いにやっと気づく。

バージョンは違えど、伊藤君に対する根本的な感情がブレることはないだろう。「嫌い」だ。視点人物というバーチャルスーツを着用した読者は、VS伊藤君とのコミュニケーション・バトルを体験しながら、「おいこら伊藤！」と叫び倒す。そうすることで、いやおうなしに物語にのめり込まされることとなる。

実は、伊藤君と精神的な共通点を持つ人物がいる。デビュー作『終点のあの子』の第二篇「甘夏」に登場した大学生・佐久間だ。引っ掛けた女子高生が自分の思い通りにならないと判明するや否や、彼は態度を豹変させる。「なんつーか、君って自己中だよね。そんなんじゃ一生彼氏できないよ？　君のためを思って言うけどさ」。そして、グサッとやられる。「同じでしょ。佐久間さんだって」「彼女いたためし、ないんじゃないですか。実は」。さっと青ざめたリアクションが、真実を雄弁に証明している。

異性への好意が、異性への侮蔑に一瞬で反転する。相手を傷付けることで、相手を下げて、自分の位置を保持しようとする。「最低」だ。でも、そんな言葉の使い方を、自分は一度もしたことがなかったか？　佐久間君から伊藤君へと受け継がれる過程でバージョンアップしたモンスター性——他人を傷付けることには鈍感で、自分が傷付くことにはひどく敏感な幼稚性——は自分の中にも蠢《うごめ》いているものではないか。この小説は、登場人物に対し反感を抱かせることを通して、自分にとって触れられたくない、隠しておきたいモノの在り処を沸騰させ、知らしめてくれる。共感よりも反感のほうが、ずっと心に残るし揺さぶられるし、よっぽど自分の身の程を知ることができる。『伊藤くん

Ａ to Ｅ』の柚木麻子は、そのことを熟知している。反感のエンターテナー、ここにあり。

反感の対象は、伊藤君だけじゃない。各話の視点人物となる女性たちに対しても、「おいこら智美！　聡子!!」と心の声を嗄《か》らすことになるだろう。小説の中でもさまざまなバリエーションで表現されているが、人は他人の現実に対しては、的確に状況分析し適切なアドバイスができる。ところが自分の現実に対しては、明らかに誤った判断をしてしまう。自分を見つめる視線と、他人を見つめる視線との乖離《かいり》が、あらゆる悲劇の根幹にある。だとしたらポイントは、いかにして二つの視線を、近付けることができるかどうか。

『伊藤くん Ａ to Ｅ』でも顔を出しているが、そもそも柚木麻子はガール・ミーツ・ガールの物語の名手だ。「平凡」もしくはコンプレックスをこじらせたヒロインが、「すごい」女の子と出会い特別な友情を結ぶ。「平凡」な子が「すごい」子の輝きを見つめるだけでなく、「すごい」子も「平凡」な子の魅力を見つめている。その視線のやり取りが積み重なっていくことで、両者はそれぞれに変化する。大人になる。きれいになる。自分で自分を、認められるようになる。

脚本家にして映画監督、そしてスクリプトドクター（＝脚本のお医者さん）の三宅隆太が、神話学の大家ジョーゼフ・キャンベルの知の遺産を受け継ぎながら、物語の二分法を披露している。「男性神話」と「女性神話」だ。

〈「男性神話」というのは、簡単に言うと、「名もなき若者が、数多の試練を乗り越えて英雄へと成長する物語」のことで、「社会的に認められた《何か》を成し遂げる主人公」を描きます。（中略）対する「女性神話」は、社会的に認められるということよりも、「自分が、自分本来の姿を認めることで、《何か》へと変わる主人公」を描く物語です。〉（新書館刊『スクリプトドクターの脚本教室・初級篇』）

主人公が獲得するものは何か、という結果を見ることも必要だが、それを獲得するために向き合う対象は何か、という前提を見ることがより重要だ。「男性神話」の主人公は、「『社会』と向き合うことで変化・成長します」。対する「女性神話」の主人公が向き合うのは、「『抑圧されている自分自身』です」（前掲書）。柚木の小説群が、「女性神話」の構造を持っていることは明らかだろう。

ひとりの男性を物語の中心に据えてはいるが、『伊藤くん A to E』もそうだ。そもそもこの小説の主人公は、全五篇＝五人の女性達なのだから。彼女らは伊藤くんと出会い、彼のグロテスクさと向き合うことで、己のグロテスクさと向き合うことになる。伊藤くんは、主人公ではない。伊藤くんは、鏡なのだ。もっと言うならば、「リバーサルミラー」。東急ハンズで買えるしアプリでも手に入るその鏡は、左右反転した自分の顔を映してくれる。つまり、他人の目に映っている自分の顔を。見慣れないその顔は、自分好みの角度を探り当てることが難しく、脳内補正がうまく効かない。でも、その顔こそが、ありのままの自分の顔なのだ。

振り返ってみれば柚木麻子という作家は、主人公が、鏡となる人物と出会う物語を書き続けてきた。冒頭で「『伊藤くん A to E』は、柚木作品の中でもっとも特殊（スペシャル）である」と記したが、むしろ「本質的（エッセンシャル）」と言い換えるべきかもしれない。

残された課題は、最終第五話の「伊藤くんE」だ。落ちぶれたことを認められないアラフォー脚本家の矢崎莉桜が、自身が主催する脚本塾に通う伊藤君、一行もシナリオを書かない伊藤君との、最初で最後の「対決」に臨む。前話までのラブストーリーの気配は消えているが、この一篇を読むことで、そもそもこの小説全体が、ガール・ミーツ・ボーイのラブストーリーの衣をまとった「他者という鏡を通した自己発見」の物語であることが明らかになる。

きっと誰もが、伊藤君を侮っていたことに気づかされるだろう。伊藤君は実は自分自身ととことん向き合っていたことが披露され、それでもびた一文変化をしなかった彼のモンスター性に、気持ちよく白旗を揚げることだろう。伊藤君は震える弱者を救いハピネスへと導く「ヒーロー」ではなく、白馬に乗った素敵な誰かが現れるのを待つ、自らも認める「ヒロイン」だったのだ。

そんな伊藤君に、この物語は最後で、ちゃんと居場所を与える。極めて異形な、関係性の絆が生まれる。最初に読んだ時は、ちょっと残酷な後味を感じていた。でも、久しぶりに頭から丁寧に読み返してみたら、たくましさのようなものを強く感じた。「嫌い」な人をただ排斥するのではなく、その人の「嫌い」な部分を強く見つめる経験の中から、女たちは自分を知り自分を変化させるための糧《かて》を得ている、と確信できたからだ。

とびきりダークで、ビターな小説だ。でも、間違いなく、心をタフにするための武器が作れるようになる小説だ。反感のエンターテナーが磨き上げた伊藤君という鏡を、これからも、ことあるごとに覗き込んでいきたい。

——ライター

この作品は二〇一三年九月小社より刊行されたものです。
第ＰＢ３９９５２号

幻冬舎文庫

●好評既刊
けむたい後輩
柚木麻子

元・作家の栞子、美人で努力家の美里、誰よりも才能を秘めた真実子。名門女子大を舞台に、プライドを持て余した3人の女性たちの嫉妬心と優越感の行き着く先を描く、胸に突き刺さる成長小説。

●最新刊
愛のかたまり
うかみ綾乃

十六歳のときに不幸な事件に巻き込まれ心を閉ざして生きてきた美しい女。その美貌に憧れて作家デビューを果たした醜い女。愛されたい、満たされたい……女の執念と嫉妬を描き切った傑作長篇。

●最新刊
窓際ドクター
研修医純情物語
川渕圭一

ナース達から窓際ドクターと陰口を叩かれている医師の紺野。ある患者が難病と診断され、彼一人が誤診に気がつくが。ベテラン医師と研修医の交流を描いた「研修医純情物語」シリーズ最新刊。

●最新刊
京都の中華
姜尚美

にんにく・油控えめ、だしが独特……花街で愛されてきた割烹式中華から、学生街のボリューム満点中華まで、街の歴史や風習に合わせて変化してきた「京都でしか成り立たない味」のルーツを探索。

●最新刊
僕とモナミと、春に会う
櫛木理宇

偶然立ち寄ったペットショップで子猫を飼うことになった高校生の翼。その店でアルバイトをするはめになるが、対人恐怖症の翼は接客ができない。そんな彼の前に、心に傷を抱えた客が現れて。

幻冬舎文庫

●最新刊
完璧な母親
まさきとしか

最愛の息子が池で溺死。母親の知可子は、息子を産み直すことを思いつく。同じ誕生日に産んだ妹に兄の名を付け、毎年ケーキに兄の歳の数の蠟燭を立てて祝い……。母の愛こそ最大のミステリ。

●好評既刊
もしも俺たちが天使なら
伊岡 瞬

セレブからしか金を獲らない詐欺師・谷川涼一。〝ヒモ歴〟更新中の松岡捷。警察を追われた元刑事の染井義信。はみだし者三人が、柄にもなく、人助けのために命を懸ける！　痛快クライムノベル。

●好評既刊
給食のおにいさん　浪人
遠藤彩見

ホテル給食を成功させ、やっとホテル勤務に戻れると喜んだ宗。だが、学院では怪事件が続発する。犯人は一体誰なのか。怯える生徒らを救うため、宗と栄養教諭の毛利は捜査に乗り出すが……。

●好評既刊
新米ベルガールの事件録
～チェックインは謎のにおい～
岡崎琢磨

廃業寸前の崖っぷちホテルで、次々に起こる不可解な事件。新入社員・落合千代子は、イケメンの教育係・二宮のドSな指導に耐えながらも、事件の真相に迫るが……。本格お仕事ミステリ！

●好評既刊
悪夢の水族館
木下半太

「愛する彼を殺せ」。花嫁の晴夏は、「浪速の大魔王」の異名を持つ醜い洗脳師にコントロールされつつあった。そこへ洗脳外しのプロや、美人ペテン師などが続々集合。この難局、誰を信じればいい!?

伊藤《いとう》くん A to E

柚《ゆず》木《き》麻《あさ》子《こ》

平成28年12月10日　初版発行
平成30年2月10日　6版発行

発行人――石原正康
編集人――袖山満一子
発行所――株式会社幻冬舎
〒151-0051東京都渋谷区千駄ヶ谷4-9-7
電話　03(5411)6222(営業)
　　　03(5411)6211(編集)
振替00120-8-767643
印刷・製本―株式会社　光邦
装丁者――高橋雅之

幻冬舎文庫

ISBN978-4-344-42555-2　C0193　ゆ-4-2

幻冬舎ホームページアドレス　http://www.gentosha.co.jp/
この本に関するご意見・ご感想をメールでお寄せいただく場合は、
comment@gentosha.co.jpまで。